Oniris

Javier Portal

Finalizado en Octubre de 1994

Índice de contenido

0. SHIUYA

Ya hace mucho que se despertó, pero no se ha habituado todavía a este mundo. Se halla arrebujada en el mullido sillón, tapada por encima con una pesada manta y abrazada a su perro de trapo. Aquí no hay animales. Sigue echando de menos el contacto cariñoso y tranquilizante de su mascota. Las personas necesitan algún tipo de contacto íntimo, alguna caricia, una palmada en la espalda, algún roce ligero, pero en este sitio la gente evita tocarse. Ni siquiera tienen animales a través de los cuales distribuirse las caricias. Por eso Shiuya se fabricó su perro. Se queda allí sentada bajo el protector peso de la manta y se siente a salvo. Pronto comenzará su jornada de trabajo. Tendrá que salir de su refugio y enfrentarse a los vigilantes; compartir sus vidas vacías y soportar su desprecio. Trabaja porque le gusta, no para tener contentos a los vigilantes o a los psicólogos. Le gusta cuidar a la gente, realizar tareas manuales y colaborar en el mantenimiento. En cambio sus compañeros son muy diferentes. La mayoría tiene problemas mentales demasiado graves como para ser eficientes: problemas de coordinación, de comprensión, de concentración, de memoria, alucinaciones, desdoblamiento de personalidad, irritabilidad... Ella es diferente; demasiado apacible quizá. Además, están las visitas que recibe. Los espíritus que llegan a contarle sus problemas, aunque también a infundirle esperanza. Los otros no tienen fe. No creen en nada, ni en nadie.

"¿Cómo te llamas? Mi nombre es Osamu." "Yo soy Shiuya. ¿Has venido en busca de ayuda? ¿Quieres saber cómo regresar?" "No, Shiuya, yo no. Yo soy el caos, la destrucción. Tú no puedes ayudarme a ser diferente. He venido porque quería conocerte. Eres un nexo; Tú unes y das consistencia. Por eso recibes tantas visitas de almas perdidas." "Yo también quería conocerte. ¿No puedes terminar con esto? ¿No hay ya suficientes vidas destrozadas?" "Lo estoy intentando, Shiuya, pero yo también estoy perdiendo la mente y el lazo que me ata al cuerpo es cada vez más estrecho. Lo intento, pero mi voluntad se está volatilizando. Mi conciencia se diluye." "Tienes que regresar y parar esto. Estás destruyendo la realidad." "Me cuesta trabajo pensar. Intento volver, pero cada segundo es más difícil y quizá dentro de poco no quede ningún sitio donde volver, ni tú, ni yo, ni ningún otro."

Recibe visitas continuamente. Solían ser almas en tránsito entre dos vidas aunque últimamente, cada vez más, son almas cuyos mundos han desaparecido repentinamente o personas que han muerto cuando aún no había llegado su hora ni habían terminado de completar su misión en la vida. No sabe por qué se desvían de su camino para hablar con ella. En la mayor parte de las ocasiones no puede responder a sus preguntas ni sabe tampoco por qué algunos vuelven una y otra vez. Takashi es su visitante más fiel. Ni siquiera con los vivos habla tanto como con Takashi, a excepción por supuesto de Satokoshi, su psicóloga, cuando le formula aquellos largos interrogatorios sobre sus sueños y anhelos, penas y frustraciones, creencias y convicciones, esperanzas y olvidos... Satokoshi dice que es bueno realizar algún trabajo. Así se mantiene la mente ocupada y resulta más fácil la adaptación. Dice que el trabajo, aparte de tener una función apaciguadora en cuanto requiere una cierta concentración, tiene otra función constructiva, ya que les ayuda a controlar y coordinar el cuerpo con mayor precisión, a la vez que moldea procesos y esquemas cerebrales nuevos y útiles. Shiuya cree que en realidad necesitan trabajadores, que ellos son pocos y necesitan que ciertas labores sean realizadas. Pertenece al clan de los mantenedores, aunque ella no es miembro de pleno derecho. En realidad, verdaderos mantenedores sólo quedan tres. En el pasado fueron más y ahora suplen la escasez de personal utilizando a los despertados. Quedan miles de personas en el sueño. Cuidarlos es uno de sus trabajos; El que más le gusta. Son como ella. Dormidos parecen normales y felices, pero si fueran despertados, la locura los acosaría, rompería sus cerebros y mataría su voluntad. Por eso le gusta cuidarlos, ocuparse de su sueño, su felicidad y procurar que ningún accidente los despierte. Es consciente de que el mayor peligro que la acecha es la locura. La locura que ha poseído al resto de sus compañeros y les ha empujado al suicidio. Ella ha estado a salvo durante todo este tiempo por razones que no acierta a comprender. No basta con tener fe y aceptar de buen grado el destino que el Hacedor elabora. Debe haber algo más relacionado con las drogas que se suministran durante el sueño y por alguna razón ella no se vio afectada.

En sus múltiples vidas jamás conoció una persona que no creyera en el Hacedor. Siente pena por aquellos que piensan que esta vida amarga que llevan en Oniris es la única que tendrán. Ella está orgullosa de su trabajo con los soñadores, pero tampoco es muy feliz en este lugar. Ésta es la voluntad del Hacedor y probablemente en su próxima reencarnación la premiará concediéndole una vida mejor.

"Shiuya, Shiuya, ¿por qué he muerto?" "Hola, Takashi. Ya sabes que no lo sé." "Apareció de repente. Te juro que un segundo antes no estaba. No es lógico. ¿Cómo pudo aparecer de repente?" "Deja ya de pensar en eso." "Tú dices que no me preocupe, que la muerte no es definitiva, que me espera otra vida, pero ¿por qué tardo tanto en nacer de nuevo?" "Creo que hay problemas. Quizá el Hacedor está luchando por mantener la realidad." "Y, ¿por qué yo no recuerdo mis vidas anteriores?" "Hay gente que no recuerda sus anteriores reencarnaciones. Yo no sé por qué tú o los vigilantes no podéis recordarlas y la mayoría de la gente sí." "Tengo que creerte porque si no, no habría esperanza, pero tengo dudas. A veces, Shiuya, me pregunto si tú existes, si no serás una alucinación."

Casi ha llegado la hora de comenzar su jornada laboral. Tiene que relevar al turno anterior. Hoy le toca formar equipo con Hiroki, supervisados por el mantenedor Kokusai. Se levanta del sillón y se alisa la ropa. Sale de la habitación y comienza a caminar por el frío pasillo. Ella es un nexo. Puede sentir cómo a su alrededor las cosas suceden del modo correcto. Su Alrededor es un entorno de límites y significado confuso. Sabe que durante un intervalo indefinido de tiempo hacia el pasado y hacia el futuro la realidad está intacta. Hay otra forma de entorno de la que tiene apenas una ligera idea y está relacionado con sus reencarnaciones pasadas y futuras.

Ya la estarán esperando en el taller. Siempre llega tarde. Son sólo tres minutos y dos pasillos y quizá por estar tan cerca es por lo que siempre llega tarde. Se pregunta si esta vez habrá que reparar algún destrozo causado por los exteriores. No es mala gente, pero a veces cuando necesitan materiales de construcción, entran y saquean la ciudadela. A ella le gustan los exteriores. Son alegres, optimistas, parecen niños sin preocupaciones. Tienen música, bailes y fiestas y en ocasiones roban en el interior de la manera más natural. Lo necesitan, los vigilantes lo tienen y en cambio no parecen necesitarlo. Los ánimos están cada vez más crispados. No sería la primera vez que estallara una guerra.

Al abrir la puerta ve a Hiroki llorando. Está sentado en una silla, gordo con la espalda muy recta y la cara ligeramente levantada. Gimotea y Kokusai está gritando.

- ¡Te aseguro que no le he hecho nada, Shiuya! ¡Dice que le he pegado y lo único que he hecho es darle un golpecito en el hombro para saludarlo! -se dirige a ella Kokusai cuando la ve entrar.

- ¡Sí, me ha pegado! ¡Me ha pegado aquí y me ha hecho mucho daño! -lloriquea Hiroki.

- No sé qué hacer con él, Shiuya. Tengo que arreglar una conducción y es muy urgente.

- ¡Me he muerto! ¡Me he muerto y quiero ver a mi papá y a mi mamá!

- Anda, llévatelo a autocontrol. Le dices a la terapeuta que te mando yo.

Caminan juntos un rato sin hablar. Hiroki está muy serio. De repente dejó de llorar y ahora camina muy serio mirando al frente.

- Estabas fingiendo, ¿verdad, Hiroki?

- No, me he muerto. - Lo dice sin cambiar la expresión, ni

mirarla.

- No me lo creo. Has aprendido que si simulas una crisis te dejan en paz, no te obligan a trabajar. ¿No? -No responde. Sigue caminando con los brazos pegados al cuerpo y pasos cortos y rápidos-. Conmigo no tienes porqué disimular.

- Vale, pero tú no dices nada.

- ¿Por qué lo haces? -No contesta-. ¿No quieres trabajar?

- No.

- ¿Por qué?

- Me gusta pensar.

- Pero si ahora las terapeutas creen que tienes un brote te cambiarán la medicación y estarás adormecido durante varios días.

- No me importa.

- ¿No te importa estar atontado hasta que ellas quieran?

- No, me gusta dormir.

Shiuya decide no añadir nada más. Conoce bien la situación. Hiroki es igual que tantos otros de sus compañeros.

- Cuando duermo no me duele nada, puedo pensar con claridad y puedo volver a ser lo que quiera. -Se está animando. Al hablar la mira de reojo, mientras continúa caminando con pasos muy cortos; Pronuncia arrastrando las palabras, alargando las vocales como los niños pequeños-. Anoche soñé con el futuro. ¿Tú has soñado alguna vez con el futuro, Shiuya?

- Sí, alguna vez.

- Y, ¿a que va a pasar? ¿a que el futuro va a ser así?

- Sí, ¿tú qué soñaste?

- Yo soñé que viajaba en el tiempo y llegaba al año nueve mil. Pero entonces me daba miedo ver el futuro y me volvía al presente. Me daba miedo, ¿a ti no?

Abre la puerta y deja pasar primero a Hiroki. "Espera aquí. Voy a buscar a la terapeuta a su despacho." Le deja allí, otra vez rígido y silencioso, la cabeza levantada y completamente inmóvil, excepto los ojos escrutando el techo con un interés inusitado. Llama con los nudillos a la puerta y la abre.

- He traído a Hiroki. Me manda Kokusai.

- ¿Hiroki? ¿Qué le pasa?

- No lo sé. A mí me manda Kokusai.

- Bueno, vale. Ahora salgo.

Cierra la puerta con cuidado y se vuelve hacia Hiroki. "Yo me voy, ¿vale, Hiroki? Tú espera aquí hasta que salga la terapeuta."

No le apetece volver a mantenimiento. Ella trabaja bien, pero a veces le gusta escaparse; salir fuera, sentir la tierra húmeda adhiriéndose a su calzado, oler el verde de las plantas y no volver hasta mucho más tarde de la hora de la cena, aunque la castiguen con horas extra de trabajo. A ella siempre le castigar con trabajo extra y sabe que eso es porque trabaja bien. Las puertas del ascensor se cierran y Shiuya sonríe porque va a salir al exterior. Allí la gente es amable, la tratan bien. En cambio los vigilantes la desprecian. Desprecian a todos los despertados, nunca les miran a los ojos, les dirigen las palabras imprescindibles. Intentan disimular, no resutar desagradables en exceso, pues saben que los despertados no son culpables, pero siempre se nota algo. Afuera es diferente. Los agricultores viven en un mundo en que no tiene la menor importancia lo que sucede de la ciudadela para dentro y por lo tanto son agradables.

La luz, el aire, el color, la humedad... Ve a Zenko y Eisaku a unos metros. Se acerca a ellos. Están trabajando removiendo tierra con las manos.

- Hola, ¿qué estáis haciendo?

- Hola, Shiuya. ¿Otra vez aquí? ¿Te has vuelto a escapar? -le pregunta Zenko.

- Sí, ¿qué estáis haciendo?

- Estamos haciendo una mezcla: dos partes de tierra vegetal, dos partes de turba y una de polvo de sílice. Después removemos hasta que quede homogéneamente mezclado.

- Y, ¿para qué lo hacéis?

- Preparamos una mezcla adecuada para poder sembrar unas

semillas de lechuga en esos alvéolos.

- Y también zinnias -añade Eisaku.

- Que sí, también zinnias. Luego las colocaremos en el invernadero y cuando sean un poco grandes las trasplantaremos aquí fuera.

- ¿Quieres ayudarnos? -pregunta Eisaku.

- Bueno, ¿qué hago?

- Tú me puedes ayudar a seleccionar las semillas. Coges una por una y quitas las que estén muy deterioradas, como ésta, ¿ves?

- Sí, ¿cuántas vais a plantar?

- Pues tenemos trescientos alvéolos, así que plantaremos diez zinnias y el resto de lechugas.

La mayoría de los exteriores son muy amables. Quizá un poco protectores. A veces siente que se dirigen a ella como si fuera una niña, pero al menos son cariñosos y atentos; la mayor parte, los que han nacido fuera de la ciudadela. Los que han salido al exterior no hace mucho, retienen el rencor y desprecio de los vigilantes hacia los despertados.

- Y, ¿no tendréis problemas si los vigilantes se enteran de que estáis sembrando plantas que no se comen?

- Plantas ornamentales. Sí, probablemente, pero tenemos muy pocas. Con las diez de ahora juntaremos unas cien plantas en nuestro jardín.

- Los vigilantes no entienden que la belleza también alimenta. Ellos son demasiado pragmáticos, únicamente comprenden lo práctico. Viven acorralados por su despiadado orden hasta que estallan y entonces algunos vienen aquí y plantan flores. -Dice Eisaku con el ceño fruncido.

- No le digas esas cosas a Shiuya. Los vigilantes son amigos suyos y se va a ofender.

- No, no son amigos. Ellos no tienen amigos. Son tristes y demasiado responsables, pero los juzgáis mal porque gracias a su labor vosotros podéis permitiros tener las flores que ellos no tienen. Además cuidan de los dormidos y alguien tiene que hacerlo.

- Bah, esos semivivos. Mejor estarían muertos.

- Yo también soy como ellos.

- No te enfades, Shiuya. Eisaku no piensa lo que dice. Tienes razón en que los vigilantes son importantes, pero yo prefiero no verlos mucho. En cambio ellos sí que nos odian.

- Os envidian.

- Sí, nos envidian y a veces nos matan."

Callan. Es cierto. En ocasiones los vigilantes salieron, exterminaron, encarcelaron y raptaron. Envidia y miedo, esa es la relación existente entre agricultores y vigilantes. Los vigilantes no sólo envidian las flores; mucho más envidian la libertad, la ausencia de responsabilidades, la alegría, el amor, la amistad. Sin embargo, últimamente se muestran muy tolerantes soportando los robos, las deserciones, racionando el alimento cada vez que los exteriores deciden ampliar sus campos de cultivo peor organizados, doblando sus horas de trabajo para mantener el bienestar de todos: agricultores y vigilantes. No, los exteriores no tienen derecho a quejarse. Las redadas y matanzas no se repiten desde hace muchos años. Ahora es tiempo para el diálogo o quizá para el respeto mutuo, desconfiando y distanciados, pero no para el odio.

- Mira, Shiuya, ahora lo que vamos a hacer es rellenar los alvéolos con la tierra y apelmazarla para que no se hunda demasiado al regar... Así, si te baja mucho vuelves a echar un poco de tierra y a aplastar. Te tiene que quedar el nivel un poco por debajo del borde para que no se salga el agua cuando reguemos... Bien.

El tiempo pasa rápido mientras trabajan y Eisaku silba una melodía. Dentro la estarán buscando pero no le importa. Los castigos llegarán luego. Ahora está apretando la tierra con los dedos, bajo el calor del cielo blanco. Más tarde tendrá que volver a las galerías, pero ahora puede disfrutar del verde olor de las plantas.

- Mientras Eisaku termina de rellenar los alvéolos, tú y yo vamos a sembrar las semillas, ¿de acuerdo, Shiuya? Hacemos un agujero con el dedo en el centro de cada alvéolo que tenga una profundidad de más o menos dos veces y media el tamaño de la semilla... así. Luego metemos la semilla y tapamos con tierra...

Esto es lo más parecido a una conversación normal que ha mantenido desde hace mucho tiempo. Los vigilantes no conversan: ordenan o se mantienen en silencio; Sus compañeros conforman una gama que va desde los que sufren frecuentes alucinaciones, hasta los que mantienen un inexpugnable silencio. A veces se siente muy cansada de mostrarse siempre alegre, tolerante, comprensiva; de esa obligación autoimpuesta que, si bien hace la vida más fácil, consume la mayor parte de sus energías. Está cansada de conversaciones cortantes o absurdas. Por eso de vez en cuando se escapa al exterior. Puede ser que los agricultores la traten condescendientemente; puede ser que opinen que no es muy inteligente, pero al menos ellos le hablan de cosas normales.

En ocasiones siente su cerebro a punto de estallar, repleto por las alucinaciones, obsesiones y paranoias de sus compañeros. No quiere volverse loca, no quiere resbalar por esa eterna pendiente junto a la cual hace ya tanto que flirtea.

- Me voy. Ya he faltado durante mucho rato.

- ¿Regresas a las galerías? Está bien, ya sabes que puedes volver cuando quieras.

- Sí, adiós.

- Adiós.

Lo que tienen en común todos sus compañeros, independientemente de cual sea su manifestación concreta de la locura, es la falta de libertad. No son capaces de ser libres porque no se enfrentan ante los problemas examinando todas las posibilidades y escogiendo la más adecuada siguiendo algún criterio. Simplemente escogen la primera solución que encuentran casi de una forma aleatoria. Esto les afecta en todos los aspectos de la vida. Les vuelve obsesivos, torpes, inseguros, retraídos. Si uno de sus compañeros coge por primera vez una herramienta y lo hace de una manera equivocada o incómoda, entonces a partir de ese momento siempre la cogerá de la misma forma perpetuando el error. Sus cerebros vuelven una y otra vez hacia los mismos temas, como si estuvieran atrapados en un bucle. Tienen miedo siempre, un miedo que se justifica en tantos fracasos anteriores, pero también que hace reales los fracasos que vendrán. Viven sus vidas por sendas muy estrechas y no hacen ningún intento por salirse de ellas. Ella se esfuerza por comprenderles y por que comprendan, por que sus vidas sean más fáciles y agradables, pero principalmente los escucha. A ellos les pasa lo mismo: han tenido otras vidas en que las cosas eran más sencillas, sus mentes estaban sanas y tenían gente con la que hablar. Shiuya los escucha, intenta comprenderlos, les sonríe y a veces siente que se ha introducido en exceso en sus mentes. Entonces regresa a su habitación y se arropa en la oscuridad y se abraza a su perro de trapo y rechaza a los espíritus inoportunos porque necesita estar sola y dejar la mente en blanco.

Ha estado fuera tres horas. Tiene que volver al trabajo. Tiene mantenimiento durante algo más de media hora todavía y después una hora de deporte. A continuación la comida, otras cuatro horas de trabajo y la terapia de relajación. Ahora sólo puede pensar en que dejó solo al mantenedor Kokusai y en cuanto llegue al taller comenzarán los gritos. Probablemente hoy no tendrá deporte, ni la dejarán ir más tarde a la sala de audiciones.

Al llegar al taller, Kokusai está limpiando un codo de tubería. Shiuya se acerca y se coloca a su lado sin decir nada.

- Shiuya, estás aquí. Es una pena, ¿verdad? Supongo que estarás muy triste.

- ¿Por qué?

- ¿No lo sabes todavía? Hiroki se ha suicidado.

Le vienen de golpe muchas imágenes a la mente. Le recuerda jugando al balón, corriendo tras la pelota bajo la atenta mirada del instructor. "No se pudo hacer nada." Le recuerda mirando con miedo y con el ceño fruncido por la decisión; deseando probablemente que esa vez fuera diferente, convencido de que esa vez acertaría al balón con una patada.

Pero siempre, un instante antes, sus piernas se cruzaban de un modo inverosímil, tropezaba y caía frente al balón y en su rostro se podía leer la contrariedad, la seguridad de que esa vez si no hubiera tropezado le habría dado. "No pensé que estuviera tan grave." Le recuerda contando que soñó con el futuro, pero sintió miedo y regresó sin descubrir nada. En la ciudadela muchos despertados sueñan con el futuro, todos lo ven diferente y todos están seguros de que va a suceder exactamente como lo soñaron. Shiuya recibe visitas de espíritus que también le hablan del futuro, todos diferentes, y todos están seguros de que va a ser así, o de que ya es así puesto que ellos vienen de allí. Hay muchos futuros y todos son ciertos. La vida abre un abanico de posibilidades y a cada uno le corresponde una opción diferente, un mundo futuro diferente o incluso es posible vivir en muchos y alternativos mundos futuros distintos, uno tras otro. "Nunca se sabe con vosotros." Shiuya sabe que el tiempo transcurre de un modo extraño que los vigilantes y exteriores no alcanzan a comprender. Ella ha visto, en sus varias vidas, como el tiempo se entrecruza y retuerce difuminando la linealidad y mezclando los sucesos y las personas; Ha contemplado como un hecho sucedido hace muchos años tiene una causa que aún no ha ocurrido; en ocasiones ha experimentado que un acontecimiento ya pasado era borrado y la historia se escribía de nuevo y todo cambiaba y sólo ella lo recordaba. Ahora Hiroki ha dejado de tener miedo, ya sabe cómo es el futuro, un futuro mejor del que tendría en Oniris, y quizá algún día su alma volverá a ella para contárselo.

I. SUEÑO-VIDA

Está entrando en fase. El mundo a su alrededor comienza a vibrar y a ondularse como si fuera un reflejo sobre agua de estanque. Ve el rostro asustado de Himeko y hasta él llega su grito distorsionado. "¡Osamu!", lee en sus labios. Sabe que para ella quien se ondula y deshace en jirones es él.

Tiene que alejarse rápidamente. No puede permitir que nadie se halle cerca cuando entra en fase, pues se convierte en un proyector de luz e imágenes y, si no se concentrara perfectamente, en un eyector de masa. Son los efectos secundarios de la fase: se transforma en un intercambiador de materia y energía entre dos mundos en colisión. Incluso, si no tuviera cuidado, podría barajar los argumentos de las realidades implicadas, lo cual tendría consecuencias catastróficas. Relaja sus músculos, alerta su mente y se prepara para resistir la fuerza atractora del vórtice.

La primera vez que sucedió estaba con su segunda esposa, paseando por una calle de Berlín, en los años posteriores a la Primera Guerra Mundial. Cuando se inició la vibración, la arrojó instintivamente lejos de sí para que no fuera dañada, pero no consiguió controlar los vórtices y las calles de Berlín se llenaron de imágenes de guerreros samurai. Su cuerpo, en el centro del fenómeno, se convirtió en un vendaval devastador expulsando a gran velocidad los restos arrancados a una realidad ajena, a la vez que desintegraba su mundo y lo enviaba al otro lado. Dos mundos habían confluido en un punto y él era el caos que los estaba destruyendo. A su alrededor desaparecieron, pedazo tras pedazo, las aceras, las casas, las calles...

Cuando consiguió salir de la fase, la ciudad entera estaba

devastada, y el cuerpo mutilado de su segunda esposa se hallaba a sus pies sin vida. Asustada, sin comprender lo que sucedía, quiso protegerle y él la había despedazado cuando se acercaba para intentar salvarlo.

Retrocedió aturdido en medio de las ruinas y sintió que las dos realidades habían quedado irremediablemente mezcladas de modo que convivían juntas, se influían, eran inseparables. Con un inmenso dolor abandonó al resto de sus seres queridos en aquella realidad destruida. Se alejó de aquellas personas que ya no eran las que él conocía, sino algo diferente; aquella casa que ya no era la suya; aquella ciudad que había sufrido los cambios suficientes como para hacerla irreconocible y a la vez familiar.

Se alejó, intentando olvidarla también a ella, con la convicción de que su muerte sólo había sido un accidente incomprensible, algo fortuito que nada tenía que ver con él. Quiso rehacer su vida, arrinconar el recuerdo de la fase, enterrarlo bajo los escombros del pasado, pero la fase regresó. Una y otra vez, los vórtices, los torbellinos brotaban de su interior arrasando mundos, segando vidas, transformando las esencias.

No sucedía a menudo En ocasiones, transcurrían años o incluso vidas enteras sin que la fase se manifestara, pero siempre regresaba. Pronto perdió la esperanza de que la fase le abandonara alguna vez y supo que debería habituarse a convivir con ella.

Por otro lado, poco a poco, fue aprendiendo a dominar el fenómeno. Si bien nunca pudo impedir que los mundos confluyeran en su proximidad, en cambio, sí aprendió a suavizar la embestida. Se veía a sí mismo como una membrana que separaba las realidades en contacto, una membrana paulatinamente más perfecta. Al principio, él era el caos, un agujero que superponía los mundos, las historias del sueño-vida. Más tarde, pudo mantener las realidades separadas, aunque pedazos de materia continuaban cruzando la barrera hacia el otro lado. Al final, la membrana que él sentía que era, fue suficientemente impermeable como para únicamente dejar pasar luz entre ambos mundos; el resto de la materia quedaba retenida.

La fase se hizo más llevadera. Y, pese a que él nunca dejó de proyectar imágenes, sus familiares y amigos terminaron por acostumbrarse. Le veían como a un personaje extraño, mas el fenómeno parecía inocuo; No suponía ya un peligro para nadie.

Como resultado de este doloroso estigma, adquirió un sexto sentido, una especial percepción acerca del sueño-vida. Supo o sintió que el sueño-vida era un conjunto casi infinito de realidades en las que estaban contenidas todas las historias, las vidas de todos los soñadores, incluidas las suyas propias. Allí, se encontraban congelados, cristalizados, todos los futuros, todos los pasados y presentes posibles, esperando la señal que los pusiera de nuevo en funcionamiento. Allí, residía también la totalidad de las existencias de su Yo-pasado, las historias que había vivido, y las de su Yo-futuro, las historias que terminaría por vivir.

Percibía el sueño-vida como una serie de rectas abriéndose en abanico, partiendo de un solo punto y formando casi un plano continuo. Cada recta representaba una historia, una vida, y todos los acontecimientos estaban ya contenidos allí, secuencialmente ordenados. Sólo había que desplazarse a lo largo de la recta para encontrar el siguiente suceso. Las realidades se distinguían unas de otras, únicamente, por una fase, un ángulo, y eran adiabáticamente inaccesibles, excepto cuando él intervenía. Lo que él hacía consistía en anular temporalmente el efecto de fase, de modo que las rectas se distorsionaban y curvaban hasta entrar en contacto. Por supuesto, éstas no eran más que sus sensaciones particulares, que probablemente no tuvieran nada que ver con la verdadera estructura del sueño-vida.

A lo largo de su infancia, durante su primera vida, le enseñaron lo esencial para sobrevivir en su mundo, moverse dentro de él e incluso le informaron acerca de lo ajeno al sueño-vida, sin embargo, jamás le hablaron de la fase, ni conoció a nadie que la sufriera. Quizá los Maestros no sabían nada...

Ahora, está entrando en fase de nuevo. Ha corrido lo suficiente y se halla escondido en el bosque junto al río. Se concentra, se relaja, desea desde lo más profundo de su ser que esta vez no pase nada; que sea una fase normal, corta y sólo de luz. No quiere destruir este mundo. Es la mejor historia en la que ha estado. Himeko es perfecta, tienen un planeta sólo para ellos, un planeta repleto de vida, de animales hermosos y de bosques frondosos y vírgenes, con ríos y lagos de aguas claras; un lugar para vivir y morir y no desea destruirlo.

El mundo se ondula, haciéndose más débil y borroso, hasta desaparecer por completo transformándose en un punto de luz. Se encuentra en el centro del remolino rodeado de formas y de colores girando a velocidad vertiginosa. Lucha por regresar al punto de luz que es su realidad, sin embargo algo no funciona bien. Los vórtices le arrastran con más fuerza que en veces anteriores hasta otro punto que se ilumina enfrente.

Las dos realidades comienzan a girar frenéticas a su alrededor, y a intervalos irregulares explotan alternativamente, mostrándose con toda claridad, para luego apagarse de nuevo en un punto. En esos instantes, aparece claramente la imagen de su mundo, inalterado, estático, deseable y a continuación la de uno ajeno y extraño en el que, para su sorpresa, existe un Yo-gemelo. Se ve a sí mismo en el regazo de Madre; se trata de Ella, pero ofreciendo esta vez su verdadera faz y no la imagen de mujer bella, sonriente y tibia que le enseñaron a amar desde niño. No aquel rostro que le obsesiona en cuanto cierra los ojos, sino su verdadera estructura; la forma que siempre supo que Madre era.

Le vienen a la mente las lecciones de los Maestros, aquellas en las que se hablaba del universo y de sus limitaciones; aquellas en las que se contaba cuál era la gran misión por la que estaban en el mundo; que existía una vida diferente, un universo ajeno al conocido – aunque muy similar- en el que encontrarían sus verdaderos destinos. Sabían que la mayoría moriría sin conseguirlo y sólo unos pocos alcanzarían ese mundo; Por esta razón era necesario vivir sin esperar nada, vivir intensamente el momento sin pensar que todas sus acciones estaban supeditadas a un mundo superior. Era necesario pensar que no se era uno de los elegidos, para así poder vivir feliz y libre. La misión de Madre era protegerlos para que nada malo sucediera, cuidarlos desde el nacimiento a la muerte y a la vez ser el pilar fundamental de la realidad.

Y ahora, ante sí parpadea un mundo en que él existe en el vientre de Madre. De pronto su Yo-gemelo abre los ojos y le mira. Es sólo una breve fracción de segundo, una explosión, pero basta para desconcertarle y romper su concentración. En ese instante, comprende que va a precipitarse sobre la realidad equivocada, que los últimos lazos que le atan a la suya se han roto. La realidad que le está succionando se expande ante él y siente que la suya se está desmembrando. Entra y se fusiona con su Yo-gemelo a la vez que contempla cómo giran a su alrededor los jirones de los dos mundos, de las dos historias.

II. DESPERTAR

Y entonces se desenchufa. Permanece un momento sorprendido. No es así como debía suceder. Abre los ojos y lentamente mira el lugar en que se encuentra: ve los cables y tubos que salen de su cabeza, torso, brazos y piernas, su mano libre junto al casco neural que cuelga -balanceándose todavía- mientras sigue enviando su código eléctrico a la nada. Contempla la semiesfera que es el vientre donde ha vivido desde siempre, y a través de la abertura circular de Madre puede distinguir más soñadores como él. ¿Ésta es la realidad? ¿Esto es el mundo exterior? Las sensaciones le llegan apagadas a través de los sentidos, desdibujadas, débiles. Ve las cosas sin color, como a través de una neblina. Ésta es la Realidad, la Única Realidad y sin embargo parece un sueño. Acaba de dejar atrás el sueño-vida -que no era más que un montón de historias memorizadas por una computadora y enviadas luego a su cerebro- y, en cambio, parecía mucho más real. Se dispone a levantarse, pero está aprisionado en el armazón de sujeción. Apenas puede moverse, a excepción del brazo con el que se ha desenchufado y que, por algún motivo, se debe haber soltado de las bandas elásticas que lo unían a los tubos telescópicos que conforman su esqueleto externo. Intenta alargar la mano hasta la llave de seguridad que abre todas las sujeciones elásticas. El brazo no responde bien y piensa que quizá se deba a que estuvo algún tiempo suelto. Ahora lo siente agarrotado por no haber hecho los ejercicios periódicos a los que Madre sometía su cuerpo inerte y desconectado del cerebro.

Desde su nacimiento Madre le cuidó y preparó para este día: educó su mente para que el contacto con la realidad no supusiera un choque demasiado brusco y ejercitó su cuerpo para que estuviera en plenas facultades físicas el día de su despertar. El problema es que no tenía que haber despertado todavía. No es así como debía suceder.

Consigue, estirándose tanto como puede y forzando al máximo el armazón, alcanzar la llave y pulsarla. Automáticamente todas las bandas de sujeción se sueltan liberando su cuerpo y los tubos telescópicos se destensan quedando flácidos y colgando de sus articulaciones artificiales. Permanece tumbado a un metro del suelo, apoyado únicamente en el asiento y el respaldo, con los cables y tubos de goma saliendo aún de su cuerpo. A continuación se quita cuidadosamente la mascarilla, tal y como fue aleccionado, comprobando que el aire es respirable. El olor es horrible, aunque la proporción de gases le parece adecuada. Se extrae con cuidado los tubos de alimentación intravenosa de los brazos y del pecho, se arranca con muchas menos precauciones los cables de los sensores que tiene distribuidos por el torso y se quita por último los tubos excretores que parten de su pene y de su ano. Baja al suelo lentamente. No le gusta su cuerpo. Era bastante mejor el que tenía en el sueño-vida. El actual es delgado y débil; está oxidado, entumecido y le duele cada gesto que hace. Supone que las cosas mejorarán con el paso de los días, con el ejercicio y también que con la costumbre se apagarán las molestias, pero nunca será como con su antiguo cuerpo.

Mira a su alrededor con detenimiento. La matriz está enteramente cubierta por una capa de polvo que llega a ser muy gruesa en el suelo donde, incluso, hay restos de metal y cables esparcidos. Madre parece estar en una situación de completo abandono y no debiera ser así. Alguien se tendría que haber ocupado del mantenimiento de Madre; Alguien tendría que haber limpiado la superficie y reparado su brazo artificial. Esto último podría haber tenido consecuencias irreparables. De no despertar, su brazo habría terminado por atrofiarse a causa de la falta de ejercicio. Nada es como esperaba que fuera. Él no tenía que despertar de esa manera y Madre no debería encontrarse tan deteriorada. Empieza a estar seguro de que ha sucedido algo grave.

Sale del vientre de Madre a través de la abertura circular y enfrente ve otro soñador enchufado al sueño-vida en una máquina idéntica a la suya. A derecha e izquierda emergen más madres formando un pasillo que se pierde a lo lejos. El techo es tan bajo que casi roza su cabeza y tenues luces empotradas interrumpen su superficie a intervalos regulares. Las dos hileras de semiesferas del sueño-vida se extienden al frente y a su espalda y duda sobre cuál dirección escoger. No ha recibido ninguna indicación y ni siquiera sabe en qué nivel de la nave se halla. Elige un sentido al azar y comienza a caminar observando su entorno con detalle. Las ruinas, el polvo, los desperdicios están por doquier. Lleva un rato dándole vueltas a la misma idea: si su nivel del sueño-vida se encuentra en esa situación quizá es que no haya nadie para restaurarlo, quizá porque la nave está deshabitada. Sólo se le ocurren dos razones que expliquen la ausencia de Conscientes en la nave: O bien murieron, o bien regresaron a la Tierra y por alguna razón dejaron aquí a los soñadores. También existían otras explicaciones: quizá su nivel, y sólo su nivel, sufrió un accidente y decidieron dejar a su suerte a unos cientos de soñadores, pero el resto de la nave sigue funcionando con normalidad. Si continuara pensando, podría encontrar cinco o seis teorías, pero sería absurdo. Lo mejor es intentar llegar cuanto antes a los niveles de los Conscientes y buscar allí la información necesaria.

Después de unos cuantos metros, ve una escena que no puede ser real. En una madre está sentado un esqueleto enchufado a la matriz del sueño-vida. Murió y los procesos continuaron sin reparar en ello. La madre sigue enviando sus historias a un cerebro que ya ha dejado de existir. Nadie se ocupó de desalojar el cuerpo muerto y sustituirlo por un nuevo soñador -rutina de la que normalmente se encarga la máquina-, ni de reparar la madre. En ese instante se da cuenta de cuál ha sido la muerte de este soñador. No murió de viejo. El conducto del suero alimenticio está obturado. El líquido dejó de fluir y el soñador murió de hambre. Probablemente él no notó nada. Es posible que mientras moría de inanición en la vida real, en el sueño-vida estuviera consumiendo exquisitos y abundantes manjares.

Se siente muy mal. Recuerda el objetivo del sueño-vida: conservar la humanidad en un estado permanente de éxtasis hasta que llegue el día del despertar. En cambio, ahora se ha convertido en una pesadilla. ¿Cuánto hace que su nivel se encuentra en esa situación? ¿Cuánto hace que aquellas máquinas -construidas para funcionar de manera autónoma durante cientos de años, pero máquinas al fin y al cabo- no han sido supervisadas? Tiene miedo. Las acogedoras y tibias madres se han transformado en artefactos peligrosos y mortales, que -si no se pone remedio- poco a poco irán matando a los soñadores hasta su exterminio. Quizá el proceso no se inició hace demasiado y por eso sólo ha encontrado un caso, aunque cada vez sucederá más frecuentemente.

Un escalofrío recorre su espalda. ¿Cuánto es mucho tiempo para una madre diseñada para funcionar cien años sin supervisión humana? ¿Cuándo se inició esta situación de negligencia continuada? A su alrededor hay cientos de soñadores que viven ignorantes del peligro. Se siente tentado a desenchufarlos y así buscar juntos la respuesta al misterio, pero se contiene. Primero debe averiguar qué sucede, lo cual le llevará unas horas, y luego quizá será el momento de soltarlos. Tiene que saber por qué sólo él se ha desconectado. Resulta evidente que no es el Día del Despertar o los demás soñadores estarían junto a él. ¿Otro error de las máquinas del sueño-vida?

Sigue caminando observando a los soñadores situados a ambos lados. La normalidad es de nuevo interrumpida al cabo de unos metros con una prueba más de ausencia prolongada de Conscientes en el nivel. Esta vez, lo que falló fue el esqueleto externo que cuelga fláccido e inútil. El cuerpo del soñador está atrofiado y probablemente no le permitirá ningún movimiento. Sus miembros son apenas los de un niño, respira con dificultad y es evidente, contemplando las pantallas, que su corazón está a punto de fallar. Piensa que a este soñador no le conviene despertar jamás del sueño-vida.

Comienza a caminar más rápido, fijándose menos en las madres y a lo largo del trayecto sólo ve otros dos casos de deterioro de las máquinas del sueño-vida: Una madre funcionando sin soñador y más adelante un soñador muerto y pudriéndose en el interior de la semiesfera. En ninguno de los dos casos se detiene a averiguar las causas del error. Ya no desea conocerlas, tan sólo escapar lo antes posible y llegar a un nivel más amable.

Alcanza el final del pasillo. Éste termina en una compuerta sobre la cual se hallan escritos los símbolos del nivel: a7. Se halla muy por debajo de los niveles de los conscientes. La compuerta se abre mediante un lector de huellas. Coloca la mano sobre la placa deseando que sus huellas estén en el archivo del computador. Los paneles se deslizan sin problemas dejando ver un ascensor. Está en la misma situación de deterioro que el resto del nivel y tiene serias dudas de que funcione todavía. Selecciona con miedo el sector g3, la compuerta se cierra y la obscuridad se abate sobre él.

Beso, posiblemente será como un beso. Todo se volverá labios y húmedo. Los soldados de dientes, desde sus rostros jóvenes, le mirarán asustados, sus fusiles en posición de descanso; Y se preguntará por qué son tantos, si él es uno solo y está atado, maniatado de pie contra un muro sin posibilidad de huida. Lento, será muy lento y recorrerán su piel con sus fusiles de miedo.

Gran río, verde en su onda, espeso en las orillas, fugaz en su centro, poblado de fiebres, brusco en su discurrir, traedor de muertes, avaro en sus aguas, inútil en su esplendor. En los recodos esconde mil enemigos y a su paso sólo ofrece mil ciénagas donde morir. Paraíso de insectos que moran en sus poros y de frutos bellos y rojizos, venenosos, donde mirar el hambre. La fiera no es el hombre, es la selva y cuanto más habitaba en ese infierno, más añoraba a sus enemigos y las dulces balas que pasan silbando certeras, seguras, leales; los machetes que se hunden sin hipocresía, reluciendo antes de matar y reflejando las caras del odio o la desesperanza. Estaban allí para exterminar esas moscas, para alimentar con los labios hinchados esos mosquitos y recibir su veneno tan necesario; para nutrir a la fiera de la espesura; para que todos amigos y enemigos se asimilen a esa naturaleza, tragados por ese barro y esa arena; para abonar la tierra tan necesitada, tan escasa de excrementos.

Le atraparon hacía algo más de una semana. Fue una emboscada. Casi todos sus compañeros murieron. Él cayó herido y fue capturado.

Hace tiempo que pelea; No recuerda ya su causa. ¿Querrá su gente esta guerra? Sus palabras fueron bellas, mas no recuerda cuánto tiempo hace que no habla. En la selva todo se torna confuso, lejano, apagado, absurdo. Va a morir y ya no comprende muy bien el motivo. Recuerda cómo eran las cosas cuando niño. Recuerda cómo era él: callando y mirándolo todo con los ojos muy grandes; callado y mirándolo todo como son los niños del poblado.

El último, será el último. Quizá algunos mirarán a otro lado, temblorosos de vergüenza y asco, y se perderá el disparo. Él comprenderá porqué son tantos cuando su pecho estalle contra sus balas ciegas. Los ojos de miedo contemplarán su cuerpo, la venda descolocada, la boca, la lengua entresalida... Se acercarán uno a uno y lamerán la sangre de su garganta. Se reconciliarán con la muerte comulgando su pecado, mientras el sargento los mira.

Se halla en el suelo enroscado y lloriqueante. El ascensor ha finalizado su trayecto y la compuerta está abierta. Se levanta y apenas tiene fuerzas suficientes para salir tambaleándose y sentarse en el estrecho pasillo apoyando la espalda contra la pared. Le cuesta trabajo pensar. Aún tiene la mente embotada por lo que ha sucedido. Siente miedo de estar perdiendo la razón.

El sueño-vida funciona de tal forma que desconecta totalmente la mente del cuerpo. Aísla las conexiones nerviosas que ligan el cerebro a los nervios que transportan las sensaciones físicas de los sentidos. De este modo el cuerpo continúa enviando, a través del entramado de nervios, información sobre el exterior y sobre sí mismo, que no alcanza nunca el cerebro. En cambio llegan otras informaciones: aquellas que la máquina del sueño-vida crea para él. Su mente siempre funcionó así y ahora -por alguna razón- se niega a aceptar la realidad. Ha tenido una alucinación y sospecha que no será la última.

Lleva mucho rato sentado allí, con la cabeza entre las manos y la mirada perdida, por lo que decide que debe hacer algo rápido si no quiere volverse loco. El principal objetivo es encontrar lo antes posible -ahora que está en los niveles de los Conscientes- a los Vigilantes. Se pone en marcha por el corto pasillo, caminando hacia el recodo donde tuerce el pasadizo. También este nivel está en ruinas. Gira en la esquina y descubre hacia el centro del segundo corredor una masa oscura de hierros y cables. Es un viejo robot estropeado y sin vida. Un recuerdo más de lo que fue y ha dejado de ser Oniris, el orgullo de la Tierra, la salvaguarda de la humanidad.

A medida que se va acercando observa como, en lo que le pareció un pedazo de chatarra, se enciende un pequeño piloto rojo. Aminora el paso mientras teme que quizá el robot está más vivo de lo que parece. Repentinamente una luz cegadora proveniente del autómata se enciende paralizándole, y siente un escalofrío recorriendo su espina dorsal cuando éste comienza a rodar hacia él. En un mundo en que tantos aparatos funcionan mal no se puede confiar ni siquiera en un robot.

- Identifíquese, Soñador -suena a través del altavoz. No contesta. Se queda muy quieto junto a la pared. ¿Dice la verdad o improvisa una mentira? Sabe que ese modelo está equipado con armamento letal y puede resultar peligroso.

- Identifíquese, Soñador -repite por segunda vez y simultáneamente asoma de su cabeza giratoria un inquietante cilindro.

- Soy el soñador b2246821. -Ha optado por decir la verdad y confiar en que el robot obedezca sus órdenes.

- Soñador b2246821 es informado: está en área de consciencia. Debe regresar al área de sueño-vida. -Como ya sospechaba no le está permitido permanecer allí. El robot es un guardián y tiene que cumplir con su programación.

- Permíteme el paso. Debo hablar con los vigilantes -dice esto con el tono más imperioso que sabe. Tiene que existir alguna orden que el robot acepte. Los robot-guardianes son siempre de bajo nivel y de rígida programación, pero aún así siempre existen agujeros, claves para imprevistos.

- Debe regresar al sueño-vida. Advertencia: Esta unidad tiene capacidad de castigo. El Soñador debe regresar al sueño-vida o será dañado. -No ha funcionado. Ve como el robot, desplazándose sobre sus tres ruedas, se acerca un poco más a la vez que se abren en su vientre los agujeros detrás de los cuales se encuentra el armamento de la unidad.

- Permíteme el paso. He sido despertado de manera extraordinaria y convocado al centro de mando por los vigilantes. -Éste es su último intento. Si no sale bien obedecerá sus órdenes -al menos de momento-. El robot permanece callado durante un par de segundos. Luego vuelve a hablar.

- El Soñador debe acompañarme -da la vuelta y rueda a lo largo del pasillo.

Está contento. Mientras camina detrás del robot va pensando en la inmensa suerte que ha tenido. Están atravesando un laberinto de corredores que jamás habría sabido cruzar solo. Se siente afortunado por varios motivos. Hasta este momento ha confiado ciegamente en las cosas que aprendió en el sueño-vida y no está teniendo problemas, pero la experiencia adquirida a lo largo de su vida pasada quizá no es válida en el mundo real. Se supone que el sueño-vida -aunque muchas historias se desarrollan en el pasado y algunas en el futuro, unas pocas en civilizaciones ajenas y otras en mundos fantásticos- está diseñado para ser un aprendizaje válido en el mundo real. Es por eso que ha tratado a ese robot, que ahora rueda delante de él, como aprendió a tratar a decenas de robots en su pasado. Pero, ¿hasta qué punto debe confiar en esta experiencia? La realidad puede ser muy distinta a lo que el sueño-vida supone. El robot podría ser un diseño diferente e inexistente en la época en que se crearon las madres, o bien podría estar estropeado y no responder adecuadamente ante estímulos correctos.

Se siente muy raro al pensar que toda su vida anterior fue un sueño, que todas las personas que conoció y amó no existieron jamás; que mientras él creía que luchaba, estudiaba, amaba, se reproducía, envejecía, en ocasiones moría, mientras él creía que vivía, en realidad estaba enchufado a una máquina, inactivo y recibiendo de manera pasiva esas historias. Y todo esto ha quedado en su memoria como si hubiera sido real. No sucedió nunca y sin embargo es la única vida que conoce.

El robot ha terminado un camino que le parece irrepetible y está parado frente a una compuerta.

- Imposible para esta unidad pasar de este límite. Aquí termina el sector a vigilar -habla el robot. Después de un instante añade.- El soñador b2246821 debe abrir la compuerta, entrar en el elevador, pulsar Control y llegará al Centro de Mando. Esta unidad esperará en este lugar o alrededores al soñador b2246821 para acompañarle a los niveles del sueño-vida cuando haya terminado su trabajo.

Abre la compuerta utilizando el lector de huellas y entra en el ascensor. El robot se queda mirándole junto al umbral. Cuando se cierra la compuerta pulsa el sensor en que se lee la palabra Control e inmediatamente siente la aceleración del ascenso que dura apenas un segundo empalmando de manera continua y suave con la desaceleración que conduce al paro final.

Los paneles se deslizan, uno a cada lado, permitiéndole el paso a la sala de mando. No hay nadie. Como se temía la estancia se encuentra en el mismo estado de deterioro que el resto de la nave. Mira a su alrededor: las paredes con pantallas, indicadores y cuadros de mando, los lectores-archivo en los cuatro puestos de trabajo, la mesa del comandante en una de las esquinas por encima del nivel del suelo, y las puertas al otro lado de la sala. Enseguida su mirada recae sobre la pantalla central y una duda más queda despejada. Están aún en el espacio. Le tiemblan las piernas. En la pantalla se pueden observar una miríada de estrellas y, asomándose por uno de los bordes, una Tierra gigantesca.

Ya no puede esperar nada bueno. Se hallan todavía lejos del

planeta y sin embargo no hay ningún vigilante al control de la nave. Ésta se cae a pedazos y no existe ningún vigilante dispuesto a arreglar los desperfectos. Probablemente no queda ningún vigilante, lo cual sólo puede significar que todos han muerto o no habrían incurrido en tal irresponsabilidad.

En otra pantalla se ve un gráfico de Oniris girando en el espacio, con sus dos lóbulos unidos por el eje, y en otra aparece una imagen de la Luna. Se acerca a un puesto de trabajo en el que titila un texto sobre la pantalla. Es el cuaderno de a bordo. Sólo hay una frase anotada: "Aquí se despide el último comandante de Oniris. No volveré a pisar este puente de mando. Es inútil." El texto está fechado el siete de octubre del cinco mil treinta y seis, unos ciento catorce años atrás, luego esos son los años que han transcurrido desde que nadie se ocupa de la nave. Ahora, mirando alrededor, es fácil comprobar que el sueño de Oniris ha fracasado.

Recuerda el Día del Despegue, el uno de mayo del dos mil setecientos diecisiete, dos mil cuatrocientos años atrás. Fue escogido entre muchos millones de personas para ser uno de los cincuenta mil soñadores que partirían en Oniris. Se evaluó su inteligencia, su fortaleza física, su belleza, su salud, decenas de cosas más y finalmente le notificaron que había sido seleccionado. Su alegría fue inmensa. Iba a formar parte del proyecto más importante de la historia de la humanidad. Iba a salvarse de la muerte segura que les esperaba a casi todos los habitantes de la Tierra y a la vez colaborar en ese proyecto cuyo objetivo era preservar la humanidad en un estado de éxtasis permanente, hasta que la tierra fuera de nuevo habitable. Entonces llegaría el Día del Despertar, día en que los soñadores volverían al planeta y pondrían de nuevo en marcha la maquinaria de la civilización y la Historia retomaría su curso. Era un secreto que no debía desvelar. Le advirtieron que únicamente los seleccionados y los principales dirigentes conocían la existencia del proyecto. No dejaba a nadie atrás: ningún familiar, ningún amigo, ningún amor. No había nada que le atara a aquel suburbio. A cambio iba a sobrevivir a la extinción. Él sería uno de los elegidos a partir de los cuales se construiría la nueva humanidad. Durante unos años permanecería viviendo placenteros sueños y luego despertaría en un mundo con futuro. Le enchufaron al sueño-vida y la nave despegó. Llegó al punto del espacio-tiempo planeado y comenzó a girar sobre sí misma. Él soñó muchas historias feliz y tranquilo porque los vigilantes estaban despiertos para velar y proteger su sueño.

Por supuesto jamás ha vivido esta historia, sino que probablemente le sucedió a otra persona muchas generaciones atrás. Él sólo tiene treinta y un años y no ha podido presenciar el día del despegue. Es una historia que posiblemente viven todos los soñadores en el sueño-vida. La recuerda como suya, pero jamás ha sucedido. Es difícil acostumbrarse a que todos los recuerdos son falsos en esta realidad. Ahora vive en un mundo en el que no le ha ocurrido nada, en el que siempre estuvo encerrado en el vientre de una máquina soñando.

Se acerca a otro puesto de trabajo y descubre un plano de la nave. Sabe que la última posibilidad de encontrar a alguien es llegar a las estancias privadas de los vigilantes y tiene que encontrar un camino en ese laberinto de corredores que a ser posible evite el encuentro con el robot guardián del nivel inferior. Teclea el computador hasta que éste delimita una trayectoria roja sobre el plano tridimensional. Lo estudia detenidamente y solicita una copia.

Toma las dos hojas en la mano y busca con la mirada la puerta señalada en el mapa. Tiene que bajar dos niveles hasta donde se encuentran las estancias de los vigilantes a no gran distancia del lugar que ocupa ahora.

La puerta se abre automáticamente cuando se acerca a ella. Al otro lado puede ver un corredor tenuemente iluminado. Al atravesar el umbral el suelo se mueve bajo sus pies. Está sobre una rampa deslizante. Se apoya en la barandilla y se deja transportar, mientras mira a su alrededor. Es un pasillo idéntico a los que ha atravesado hasta este momento: paredes planas y techo curvo, con focos de luz equidistantes, terminales del computador central, intercomunicadores de vez en cuando y pasadizos menores saliendo en perpendicular.

La plataforma se para de pronto. Algo se ha estropeado, lo cual no le resulta extraño si tiene en cuenta que posiblemente lleva más de cien años sin ponerse en marcha. Sigue a pie el resto del camino que termina en unas escaleras mecánicas que tampoco funcionan o quizá están desconectadas. Al final de éstas se encuentra con un gran portal en forma de arco sobre el que hay esculpido en relieve un ojo egipcio. Es la entrada a las estancias de los vigilantes. Al otro lado hay un gran salón circular con cinco aberturas dispuestas de manera regular a lo largo de la pared. Se aproxima a la más cercana y observa que son entradas a corredores con nueve puertas a cada lado. Tras la primera que abre halla una habitación cuadrangular con una cama en la parte izquierda, un puesto de trabajo con un terminal del computador en el rincón derecho, estanterías con discos en las dos paredes más alargadas y un altavoz en la pared del fondo. La habitación está vacía y desordenada, con objetos rotos por el suelo y suciedad por todas partes.

Cuando termina la inspección del pasillo ha encontrado dieciséis habitaciones, desordenadas en mayor o menor medida, un par de cuartos de baño y ni rastro de presencia humana reciente. Decide entonces investigar en un pasillo distinto de los otros cuatro. Éste sólo tiene tres puertas a cada lado y una al frente: cuatro habitaciones, dos cuartos de baño y la habitación del comandante, más grande que las demás, en la que descubre dos puestos con computadores, estanterías con discos y un esqueleto sobre la cama.

Montones de personas apiladas sobre camiones descubiertos; Van de pie pues no caben de otra forma. En cada curva o bache buena parte de las personas caen sobre los que mejor guardan el equilibrio, pero todos lo soportan estoicamente. Están acostumbrados a no esperar nada, ni protestar. No saben dónde los llevan, ni cuanto hace que empezó su viaje. Sus ojos de mirada translúcida permanecen fijos en algún punto del horizonte que únicamente ellos conocen. De vez en cuando el camión se detiene. Surgen de la nada hombres armados portando mangueras. Les empapan con el agua a elevada presión mientras que ellos no oponen ninguna resistencia. ¿Cuántas veces ha ocurrido? Siguen su viaje, al tiempo que el viento gélido de la noche - siempre es de noche- tijeretea su piel mojada. Ninguno intenta escapar. Saben que es imposible. Todos los que pretendieron conseguirlo están muertos.

Se ha tenido que apoyar en el quicio de la puerta, mareado, pues durante un instante el mundo se ha borrado y él era otro y estaba en otra parte. De nuevo ha sufrido una alucinación y ahora posee la certeza de que volverá a suceder, le acompañará el resto de su vida.

Sale de la habitación decidido a explorar los restantes pasillos. Es extraño que las alucinaciones, al igual que el sueño-vida, sean más vívidas que la realidad misma; y es que en el mundo real los encargados de procesar imágenes son sus ojos, que quizá no funcionan tan bien como debieran, mientras que el sueño-vida conducía las señales perfectamente procesadas hasta su cerebro. Esto mismo sucede con los olores, el tacto, los sonidos y es por eso que las sensaciones reales le parecen apagadas.

Pero si este universo es más borroso que el sueño-vida, ¿cómo puede saber que lo que vive en este momento no es un sueño? ¿Cómo puede saber acaso si no está aún conectado a Madre y Oniris es una historia más? ¿Hay alguna forma de saber si lo que vive es real? Es difícil pues la máquina crea una perfecta imitación de la realidad. El que ese mundo le parezca desdibujado no es un argumento a favor de que está desconectado y viviendo en un cuerpo atrofiado, ya que para Madre habría sido muy fácil enviar señales imperfectas y modificadas adecuadamente.

¿Hay alguna forma de distinguir si está despierto o soñando que está despierto? Puede intentar detectar errores de creación. Al fin y al cabo, si esto es una historia del sueño-vida, ha sido programada por una máquina y puede tener pequeños errores de ambientación, ausencias o excesos, anacronismos, aunque es difícil que él se dé cuenta, ya que siempre ha vivido en los mundos de Madre y sólo conoce su manera de ver las cosas.

Puede intentar encontrar límites en el escenario, lugares lejanos que el computador no haya programado, sin embargo ya existen unas fronteras claras: la propia nave de la que de momento le resulta imposible salir, y está seguro de que la creación completa de Oniris no supone problema alguno para Madre que ha construido planetas enteros. Puede intentar encontrar límites a su libertad de acción, es decir, actividades lógicamente posibles que por no estar contempladas en el programa le estén prohibido realizar. Hasta este momento no ha tenido la impresión de que eso haya sucedido, aunque de todas formas está seguro de que la programación del computador no es rígida, sino capaz de aprender y dar respuestas a situaciones imprevistas. Lo que sí ha notado desde que se desenchufó son barreras físicas a su libertad, es decir, en este mundo su cuerpo acota su capacidad de acción mucho más que en el sueño-vida y tiene la impresión de que esto es correcto en un universo real.

También está la fase. Siente que la fase no formaba parte del proyecto original, sino que es uno de tantos errores que han sucedido en Oniris a lo largo de ese tiempo en que fue dejada en manos de la entropía. La fase es una manera de distinguir el sueño de la realidad, pero pueden pasar años sin que se manifieste. Si sucede alguna de estas cosas podrá estar seguro de que continúa enchufado a la máquina y mientras tanto seguirá con la duda.

No ha encontrado nada nuevo en las demás habitaciones. Los pasillos muestran la misma configuración que el primero. Decide volver a la habitación del comandante y buscar algo en los diarios. Mientras regresa concluye que de todas formas da igual si se halla o no enchufado al sueño-vida, pues las sensaciones que recibe en éste sí son reales; cuando la máquina enviaba estímulos de dolor, él notaba este dolor; si enviaba señales de calor, él sudaba y si era metido en agua helada, se sentía morir de congelación; si hacía el amor, sentía placer y si el aire era muy puro, sentía como le quemaba las fosas nasales. Para su cerebro es indiferente si lo que vive es sueño o no, por lo tanto debe comportarse como si todo fuera real.

De vuelta a la habitación comienza a escrutar entre las

estanterías de discos. Encuentra la que contiene los discos-diario. Están numerados según a qué comandante correspondieron. Coge uno al azar que resulta ser el del Nonagésimo Comandante. Lo introduce en el lector y pulsa la tecla de mostrar en pantalla. Está vacío. No contiene nada. Quizá no existió un Nonagésimo Comandante. Decide empezar por el principio y extrae el disco perteneciente al Primer Comandante. Inicia el texto y lee:

6-mayo-2717

11:30 "He despertado hace apenas dos horas. Soy la Primera Comandante de la nave Oniris, salvaguarda de la Humanidad en un estado de permanente éxtasis. Despegamos el 1 de mayo de 2717, luego he estado dormida cinco días, como estaba previsto. Mañana despertaré a los cuatro pilotos y juntos prepararemos todo para despertar al resto de la tripulación, aunque nuestra ocupación principal para mañana será comprobar de manera superficial que los cincuenta mil soñadores están en perfectas condiciones.

He comenzado este diario que está pensado para ser un reflejo de la historia de nuestra ciudad en el espacio. Nadie sabe cuánto tiempo estaremos aquí. Todo depende de lo que suceda en la Tierra, pero estamos preparados para resistir aquí arriba mil años si es necesario. Yo quizá sea la última comandante, pero escribiré este diario como si fuera la primera de muchos comandantes, ya que será su única fuente oficial de información de lo que aconteció en el pasado. Escribiré las cosas que suceden, mis decisiones y explicaré mis opiniones y análisis de los hechos ocurridos en Oniris a lo largo de mi mandato.

15:00 No consigo recibir ninguna señal de Tierra.

7-mayo-2717

21:00 Hoy hemos constituido el clan de los gobernantes con todos sus miembros. Desperté a mis cuatro compañeros de clan y al cabo de las dos horas necesarias para su recuperación supervisamos la nave. Ha sucedido una catástrofe. Todavía no sabemos qué ha pasado.

Los sistemas vitales no han sufrido daño, así como el panal del sueño-vida; en cambio los sistemas de comunicación no funcionan, un sector entero de nuestra esfera ha desaparecido debido a una explosión. No sabemos qué ha ocurrido con la segunda esfera pues los pasadizos que nos ponían en contacto a través del eje de la nave se han derrumbado y fundido. Sabemos que sigue existiendo y no todo está estropeado pues nos llega energía, sin embargo los propulsores no responden y los motores no parecen ponerse en funcionamiento. Es posible que el fallo esté en los paneles de control de nuestra esfera. Nosotros no podemos comprobarlo. En nuestro clan somos astrónomos, astrofísicos, navegantes, no expertos en ingeniería o electrónica. Mañana cuando despertemos a los otros seis clanes podremos averiguarlo.

De momento nos hemos formado una hipótesis sobre el accidente: examinando los sitios más afectados y la dirección de las fisuras hemos llegado a la conclusión de que éste se ha producido durante el ensamblaje de las dos esferas con el eje de la nave. Si esto es cierto querría decir que el accidente se produjo hacia el final del día 4 de mayo, lo cual explicaría que algunas zonas estén muy calientes todavía.

En el panal del sueño-vida todo marcha bien. Esto es lo más importante. No ha sufrido ningún desperfecto visible y todos los soñadores que hemos examinado están en aparentes perfectas condiciones.

8-mayo-2717

21:00 Todos los clanes fueron despertados. Hemos comenzado esta misión cincuenta conscientes, aunque en un futuro será posible ampliar nuestro número a setenta. De momento cincuenta parece ser el número ideal para el funcionamiento de Oriris.

Ya se ha supervisado toda la nave. Los desperfectos son más importantes de lo que yo pensaba. El eje está completamente obstruido e intransitable. En estos momentos intentan perforar por algunos sitios con la esperanza de que el material fundido en los pasillos no sea excesivamente grueso. El sector de nuestra esfera que desapareció en la explosión era el puerto. Ahora estará volando por el espacio con nuestras pequeñas naves, escafandras y posibilidades de salir al exterior. A pesar de todo tenemos suerte de que la explosión sólo afectara a un sector y que los contiguos cerraran herméticamente los pasadizos y comunicaciones con éste, ya que de no ser así Oniris sería ahora un casco sin aire y cincuenta mil cuerpos sublimándose. La desaparición de este sector nos condena a no poder reparar la nave desde el exterior, pero también a permanecer atrapados en su interior. Esto puede ser terrible si tenemos en cuenta que, ahora ya con casi absoluta seguridad, los propulsores no funcionan, luego tampoco podemos movernos de la órbita en la que estamos. En definitiva, no podemos regresar a Tierra por nuestros propios medios. Dependemos de un hipotético rescate que tampoco podemos solicitar pues los sistemas de comunicación, que también estaban en E2, no responden. Hemos tenido suerte de que todos los soportes vitales que se encuentran en la segunda esfera, aire limpio y energía, nos sigan llegando sin dificultad.

He elaborado un plan a medio plazo para intentar normalizar nuestra situación. Lo más importante es comprobar de manera detallada que los soñadores se encuentran bien. A esto se dedicará en los próximos días el grueso de la tripulación: los siete psi, los siete genéticos, los siete informáticos, los ocho productores y nosotros, los cinco gobernantes. Los ocho mantenedores trabajarán en los pasillos del eje. Es una pena que todo el armamento y maquinaria pesada estén en la segunda esfera. Iríamos mucho más rápido en la perforación. Los ocho electrónicos dedicarán todos sus esfuerzos a restablecer las comunicaciones con Tierra. Si es necesario construiremos un equipo receptor-transmisor, aunque tengamos que sacar una antena al exterior de la manera que sea.

22:00 He mandado un mensaje a Tierra contando nuestra situación. Sé que seguramente es una pérdida de tiempo, porque el sistema de transmisión está casi con absoluta seguridad estropeado, pero lo voy a seguir haciendo durante los próximos días aunque la probabilidad de que me reciban sea ínfima."

Sigue leyendo. No puede parar. Avanza página tras página sin apartar los ojos de la pantalla. Continúa durante muchas horas. Cuando termina un disco, lo cambia rápidamente por el del siguiente comandante. Al principio le interesa porque es su historia, porque es el pasado de Oniris y puede tener serias repercusiones sobre su propio futuro. Luego, cuando ya conoce suficiente como para saber qué es lo que le espera, le interesa porque la historia se ha ido complicando hasta límites insospechados. Lee rápido a veces, pasando superficialmente la vista sobre las líneas y detectando tan sólo algunas palabras importantes y otras, cuando encuentra pasajes trascendentes, lee detenidamente.

Pasa el tiempo y él sigue allí, leyendo cada vez más agotado. Se ha levantado de la silla únicamente en cinco ocasiones para ir al baño. Sus ojos están cansados, le duele la cabeza, tiene hambre y sueño. Han transcurrido setenta horas desde que comenzó a leer y ha consumido mil años de historia, aunque se haya saltado décadas enteras de monotonía. Ha llegado hasta el trigésimo noveno comandante, muerto el dieciocho de abril de tres mil setecientos sesenta y uno, un comandante cruel bajo cuyo gobierno aconteció la segunda guerra entre agricultores y vigilantes, estos últimos llamados científicos en ese periodo.

Se levanta tambaleándose. Tiene mucho sueño, pero debe alimentarse antes que nada. Volverá hasta Madre y se enchufará a los tubos de alimentación intravenosa. Se despeja un poco al caminar por los pasillos; por las salas y pasillos que son la cárcel de la que nunca podrá salir. Recuerda el diario de la Primer Comandante, los días posteriores al descubrimiento del accidente, cuando poco a poco empezaron a darse cuenta de su verdadera situación. En su mente resuenan las imaginadas palabras de la comandante a medida que ella iba constatando los fracasos de todas las iniciativas emprendidas. "Hemos abandonado la perforación de túneles a través del eje de la nave. Nuestras herramientas apenas han conseguido hacer mella en la superficie fundida del metal que tapona los antiguos pasillos. Después de dos meses de trabajo hemos destrozado dos de los tres taladros y sólo hemos abierto un hueco de diez metros de profundidad, mientras que la longitud del eje es de un kilómetro. Decidimos suspender los trabajos de momento, antes de perder nuestro último taladro y quizá los reemprenderemos cuando tengamos un plan nuevo para atacar el eje. No entiendo cómo ha salido todo tan mal; cómo no planearon mejor las cosas; por qué no dotaron a la nave de talleres y técnicos para construir escafandras o naves auxiliares... ¿Cuánto tiempo podrá funcionar de manera autónoma la pila de energía atómica? Cuando la segunda esfera deje de mandarnos energía, Oniris estará acabada. Supongo que los constructores no tuvieron tiempo para hacerlo mejor; Que la nave debía despegar con urgencia y confiaron en que no sucediera un accidente de este tipo."

Tuvo que ser angustioso ser un consciente en aquella época en que las esperanzas, implacablemente, fueron desapareciendo derrota tras derrota. Lo es para él que ha comprendido de golpe la historia de Oniris. Se siente condenado, pero demasiado cansado para desesperar. Eso vendrá luego. "No recibimos nada. Sólo el crepitar del ruido de fondo. No hemos conseguido sintonizar ninguna señal procedente del planeta. Después de tres meses de duro trabajo para construir el receptor y la antena, resulta que no hay nada que escuchar y quizá nadie que nos reciba. La gran guerra debe haberse adelantado. Quizá la humanidad está perdiendo o ha perdido ya la tecnología. Espero que no olviden nuestra existencia. Ahora ya sé que vamos a estar aquí mucho tiempo. En nuestra situación dependemos totalmente de un rescate dirigido desde el exterior y puede que no haya exterior durante muchos años. De todas formas continuaré enviando el mensaje de socorro diario. Tarde o temprano alguien terminará por mirar y escuchar el cielo de nuevo."

Se marea. No consigue pensar con claridad. Tiene que llegar pronto a Madre o se desplomará al suelo sin sentido. Su mente flota en un maremagnum de fragmentos desordenados, de frases sin sentido. Un desfile de comandantes sin rostro le susurran sus esperanzas y tragedias. "Hace ya dos años que estamos aquí. Hoy, en el aniversario del despegue, se ha tomado la decisión de intentar construir una pequeña cápsula espacial, aunque sea necesario desguazar parte de la nave. Sólo construiremos una, ya que sería imposible hacer las necesarias para salvar a los cincuenta mil soñadores, y nuestra misión es velar su sueño, mucho más importante ahora que no sabemos qué ha sido de la humanidad que habitaba el planeta. En esta cápsula viajarán dos personas con el objetivo de pedir ayuda y de organizar el rescate si es necesario. Sabemos que se pueden encontrar con que la civilización ha desaparecido y la humanidad ha sufrido una regresión a un estadio anterior a la era industrial. Si es así, ellos deberán crear un núcleo civilizado a su alrededor, aunque para ello tengan que convertirse en dioses y fundar una religión cuyo dogma principal sea el rescate de otros seres divinos perdidos en el espacio. Sabemos que, aunque nuestros compañeros tuvieran éxito, la ayuda podría tardar siglos en llegar."

Alcanza el ascensor y pulsa el símbolo de su nivel. La compuerta se cierra y nota la aceleración cuando la cabina se pone en marcha. Se apoya en una de las paredes. Se le está nublando la visión. Si cierra los párpados su mente se llena de explosiones de luz y figuras y paisajes. Se fuerza a abrir los ojos. Debe aferrarse a la realidad. Ahora sabe lo que él es: un zombi, un semivivo despertado. Lo que le está sucediendo a su cerebro le ocurrió a otros anteriormente. Hubo otros zombis, otros inadaptados y ya sabe que la locura persigue a los soñadores al despertar. Sucedió el uno de enero del tres mil nueve, bajo el mandato del noveno comandante:

"...Ya sólo quedan tres con vida. Todos los demás se han suicidado después de volverse locos. Los semivivos se vuelven locos al despertar. Los tres que nos quedan también están desquiciados. Se mueven como en sueños. Piensan que están todavía enchufados a la máquina, que Oniris es una de esas historias con que el computador del sueño-vida idiotiza sus cerebros.

Los semivivos son bazofia. Ya no le encuentro ninguna

justificación a la misión. ¿Qué sentido tiene que dediquemos nuestra vida a esos semivivos? ¡Salvaguarda de la humanidad en estado de éxtasis permanente! Esos ya no son humanos y lo único permanente que hace con ellos la máquina es convertirlos en estúpidos, en alelados, en zombis como los llama la tripulación. Quizá nunca nos rescaten, pero si algún día lo hacen, ¿qué haremos con ellos? ¿Despertarlos para que se vayan suicidando uno a uno? ¿Qué humanidad esperaban construir con esta basura?

Esta semana se suicidaron dos de los de la última hornada (los que fueron despertados el 10 de marzo del año pasado) y uno de los que quedaban de la primera vez que despertamos, en julio del 3007. Es decir, de veinte semivivos despertados se han suicidado diecisiete. Ahora ya podemos estar seguros de que jamás se podrá despertar a los soñadores con éxito.

La que mejor se ha adaptado es Shiuya. Muestra verdadera pasión por su trabajo y está entusiasmada con nuestra labor aquí para con el resto de los soñadores. Sin embargo, su adaptación es sólo en apariencia. A veces me cuenta como después de morir de forma accidental o de envejecer en esta historia, vivirá otra historia tan interesante como ésta o más. Me dice que en la próxima le gustaría ser madre, ya que ni en la actual, ni en las anteriores ha podido.

Seguimos sin poder saltarnos el control de reproducción. Los informáticos trabajan a fondo, pero no consiguen engañar al computador. En este momento, somos cuarenta y dos vigilantes y después de la deserción de la semana pasada los agricultores son treinta y uno. Somos cada vez más conscientes y, por otro lado, menos vigilantes. La idea de despertar zombis podía haber salvado Oniris, ya que el computador no los contabiliza en el total de conscientes, pero no ha funcionado porque se suicidan.

Todo va mal desde la segunda crisis de población, desde las deserciones del 1 de mayo de hace dos años. Nunca antes habían desertado tantos de los nuestros. Los únicos culpables son esos malditos agricultores que encandilan a nuestros muchachos. Pretenden vivir sin responsabilidades y al margen del sistema. Viven allí arriba y piensan que están imitando el modo de vida de la Tierra, únicamente por pasar un poco de frío y de calor a intervalos regulares y por mojarse de vez en cuando; únicamente por habitar chozas mal construidas y cavar cuatro zanjas poco profundas. ¿Gracias a quien piensan que funciona todo esto? Ellos pueden ser irresponsables gracias a que estamos aquí los vigilantes controlando que todo marche correctamente.

Sé que deberíamos tomar medidas más duras. Han incumplido el tratado firmado bajo el mandato de la séptima comandante, cuando la primera crisis de población, comprometiéndose a bajar el nivel de oscilación a diez personas y en ningún caso superar el número de veinte.

Es necesario impedir las deserciones de la manera que sea. Estamos en un número crítico y probablemente los zombies que quedan no vivirán mucho. Para ellos no tiene ninguna importancia la muerte, pues sólo es un cambio de historia. Todo este asunto de los zombis ha bajado mucho la moral de la tripulación y de ahí mi miedo a que se multipliquen las deserciones. Ni siquiera yo tengo claro la cuestión de que debamos seguir velando el sueño de los semivivos. Sobre lo que no tengo ninguna duda es que la supervivencia de todos los habitantes de Oniris depende del trabajo de mantenimiento que realizamos los vigilantes y que la deserción nos pone a todos en peligro.

Mañana pronunciaré un discurso ante mi tripulación."

Está ya muy cerca de Madre. Unos pasos más y llegará. Comprende perfectamente a los zombis anteriores a él. Vivir esta realidad, es como vivir en un sueño del que a veces se hace necesario despertar. Lleva poco tiempo despierto y por lo que ha leído cada vez se le va a hacer más duro continuar viviendo. Cada vez se le hará más difícil hilvanar pensamientos, no mezclar los recuerdos, impedir que la mente se resquebraje. Supone que es debido a que el cerebro está acostumbrado a estímulos diferentes y a tempos más rápidos. En la máquina, los cerebros son bañados en neurotransmisores y las neuronas responden a los estímulos a mayor velocidad. El tiempo subjetivo transcurre mucho más rápido, es decir, suceden más cosas en el mismo tiempo real. Está acostumbrado a esta situación desde el nacimiento y su mente no acepta este cambio repentino.

Llega hasta Madre y enciende el conmutador que la pone en funcionamiento. Se coloca los sensores para que Madre sepa que está hambriento y fatigado, y se introduce los tubos de alimentación intravenosa. Aparta a un lado el casco neural y se deja resbalar por la pared del vientre de Madre. Mientras el alimento fluye directamente a sus venas, siente un inmenso bienestar allí tumbado, protegido y alimentado por Madre. Como debe ser, como ha sido siempre. Entonces una gota cae sobre su frente. Luego otra y otra.

Llueve siempre en ese país de barros. Llueve fino, llueve grueso, lento o rápido. Llueven tempestades de agua y viento, a veces llueve suave bajo el sol caliente. No hay a qué aferrarse en ese país mojado. Construyen frágiles casas de madera y paja que el huracán arrastra cada pocos meses y comienzan de nuevo -resignados- otra choza. Todo termina en ese país flotando en el mar: las casas, los cultivos, la tierra, los niños,... hasta las tumbas surcan el mar. Obsesionados se aferran al proceso: cuando alguien muere le construyen un ataúd, lo llevan al cementerio -o donde creen que está el cementerio-, cavan una fosa, tapan y colocan una cruz. A los pocos días llega la tempestad y arranca la cruz, arrastra la tierra, desentierra los huesos y vacía las fosas. En ese país no descansan en ningún sitio los muertos. Vagan por la tierra sus almas y por el mar sus restos.

No entiende por qué no se ha marchado. No entiende por qué no se marchan todos. Por qué su pueblo se ha aferrado durante generaciones a esa ciénaga. No entiende la fe con que defienden sus costumbres traídas hace mucho tiempo de un país más seco. Es difícil comprender algo cuando desde sus primeros recuerdos la lluvia incansable, gota tras gota, ha estado golpeando su cráneo, interrumpiendo sus ideas, enturbiando su memoria. La lluvia borra las mentes junto con las caras, pues todos en ese país tienen el mismo rostro. El agua, cayendo implacable, ha arrancado los cabellos, las cejas y las barbas; ha limado las prominencias y desgastado las diferencias. Ha vuelto la piel blanquecina y ha coloreado los ojos de gris. El agua les ha convertido en bolas grasientas y blancuzcas, indiferenciables y torpes. La lluvia cansada, les va pudriendo los cuerpos de dentro hacia fuera. Todos un mal día revientan dejando escapar sus putrefactas carnes y se dejan morir sobre el pantano, acostumbrados, ya que así han muerto sus padres y sus hermanos.

Se frota la frente seca y se recuesta en el lecho acogedor de la semiesfera. Sólo quiere dormir, descansar. Cerrar los ojos y soñar cosas bellas, correr sobre la arena junto al mar, hacer el amor con ella y olvidar. Y no saber que no volverá a verla, ni a sentir de verdad, ni a vivir de verdad.

III. CAÍDA

Himeko. Himeko ha poblado sus sueños. Se siente muy deprimido. De nuevo en el mundo real, se da cuenta de que nunca será tan feliz como durmiendo. Durante el sueño regresa a su bosque, a cuidar su granja mientras Himeko continúa con sus investigaciones en biotecnología. Es una historia irremediablemente perdida, sólo recuperable en el transcurso del sueño. Está descansado. Lee la hora que aparece sobre la pantalla del visor. Ha dormido durante dieciséis horas. Probablemente Madre, al detectar su agotamiento, le suministró un somnífero.

Se levanta y se quita con cariño los cables de Madre. Mientras acaricia su superficie de vidrio y metal siente que nunca debería haber despertado. Decide subir a la cúpula. Ahora ya no alberga ninguna esperanza de encontrar algún consciente vivo, pero de quedar alguien estará allá arriba. Sale y se dirige al ascensor. Se abren las compuertas y se pregunta si el destino que le espera es el suicidio, como sucedió con el resto de sus compañeros al ser despertados. Si todos los zombies - excepto Shiuya que murió de vieja sin recuperar el uso de la razón- se mataron, ¿por qué tiene que ser diferente con él? Pulsa la última planta y el ascensor se pone en marcha dirigiéndose a la superficie. Existe otra posibilidad. Puede volver al sueño-vida y así recuperar su agradable y acogedor universo. La tentación es fuerte, pero ahora que conoce la verdadera historia del proyecto Oniris; ahora que sabe cuán letal puede ser una madre; ahora que sabe que no podrá olvidar que el proyecto es un fracaso, que a su lado mueren sus compañeros y que el conjunto de los habitantes de la nave camina hacia un progresivo deterioro sin esperanza; ahora que conoce todo esto le resulta imposible regresar con Madre.

No se siente con fuerzas suficientes como para despertar a alguno de sus compañeros. ¿Cómo explicarles la situación? ¿Cómo enfrentarse a ellos y contarles la verdad de Oniris y la suya propia? ¿Cómo justificar que les ha despertado en esta pesadilla porque se sentía solo? Tampoco tiene sentido despertar a alguien únicamente para que comparta su locura, su suicidio, su destrucción, pues nada puede salvarle. Es mejor que al menos ellos pasen felizmente sus últimos días, que no tienen porqué ser pocos. Quizá algunos fallezcan de muerte natural antes de que su madre comience a fallar.

A pesar de la aplastante lógica de este razonamiento se siente muy tentado a despertar un soñador, uno sólo que haga más soportable esta soledad que intuye será más aplastante a medida que se sucedan las horas, los días...

La compuerta se abre y una bocanada de aire limpio inunda sus pulmones. Ha emergido en una zona de árboles. La gran luz calienta su rostro y achica sus ojos. Es verano. Algo más lejos están los cultivos en diversos tonos de verde, resquebrajados en figuras geométricas delimitadas por los canales de riego y los estrechos senderos. La humedad satura el ambiente y perla su rostro de gotitas diminutas. Se halla en época de verano tropical en esta zona y quizá por otro lado o en los pequeños invernaderos que desde allí se adivinan, existan variaciones del clima.

Mira hacia arriba colocando la mano de visera sobre la frente y transformando los ojos en dos rendijas. El foco es graduable y se apaga automáticamente cuando son convenientes periodos de obscuridad. Su vista resbala por las paredes cubiertas de enredaderas de la cúpula hasta caer de nuevo sobre la superficie cultivada. Éste es el verdadero pulmón y fuente de alimento de Oniris y, aunque tanto el aire como el alimento pueden ser sintetizados en caso de emergencia, la vida no sería posible en la nave si la cúpula, el gran invernadero, dejara de funcionar. Camina entre los árboles y al llegar a las parcelas se agacha y coge un puñado de tierra húmeda que estruja con las manos saboreando el suave y familiar olor. Se sumerge en sus recuerdos.

Se le bautizó con el nombre de Albo por el aspecto nuboso que presentaba cuando fue descubierto. Ellos fueron los técnicos de la última fase de un complicado proyecto para terraformar el planeta. Su trabajo era la flora y el de Himeko la fauna. En algunas ocasiones su labor consistió en adaptar plantas terráqueas al planeta y, en el caso particular de ciertas plantas autóctonas, modificarlas lo necesario para que pudieran sobrevivir en el nuevo clima y así fueran útiles a los futuros colonos que vendrían después de unos años. Se sentían orgullosos, pues prácticamente moldearon el planeta con sus propias manos y el trabajo estaba ya casi terminado. Tenían tiempo para ser felices y estar juntos en el recién creado paraíso, mientras las máquinas y robots terminaban la labor por sí solos. Con el rostro escondido entre las dos manos repletas de tierra negra, intenta resistir las dolorosas acometidas de sus recuerdos. Está en el cuarto día después del despertar y parece que ha pasado una eternidad desde el último día que corrió por las playas de su añorado paraíso.

En ese momento oye unos ruidos a su izquierda. Se levanta y ve un grupo de robots recolectores trabajando en un sector cercano, junto a unas ruinas. Al acercarse comprende que las casas semiderruidas, los montones de metal y material vitrocerámico esparcidos, son los restos de uno de los antiguos poblados sobre los que ha leído en los diarios de los comandantes. Con un esfuerzo de imaginación contabiliza lo que fueron seis chozas. Alrededor hay campos de cultivo que se diferencian del resto por lo desordenados y minifundistas. Sabe que existen al menos otros dos poblados en la cúpula, probablemente tan deshabitados como éste.

No puede evitar sentir simpatía por las comunidades de agricultores, a pesar de que si ellos hubieran ganado, él no habría nacido y el caos se habría precipitado sobre Oniris ya en los primeros siglos de su historia. Sobre todo se siente cautivado por los primeros rebeldes, por los iniciadores del movimiento. Sucedió un treinta de diciembre del dos mil setecientos cuarenta y uno, bajo el mandato de la primera comandante.

"Ya hace una semana que desertó la productora Minerva. Voy entendiendo sus motivos. Hace unos días escribí que todos pensábamos que se había vuelto loca (yo incluida), pero ahora lo voy comprendiendo, aunque por supuesto no comparto su postura. No está loca. Simplemente quiere sentirse como una terrestre (humana, dice ella). Quiere vivir en contacto con la naturaleza, como en la Tierra en la antigüedad. Lo que más ha influido para que tomara esa decisión es que no puede soportar el trabajo con los soñadores. No sé lo que quiere decir exactamente cuando afirma que siente que estamos cometiendo una monstruosidad con ellos; que no deberían haber nacido y que nuestra misión es abominable. Creo que ninguno de mis compañeros comparte su opinión (sobre los que han nacido aquí no estoy segura), pero me inquieta que sus palabras sean bien acogidas.

Ha subido a la superficie y ha comenzado a cultivar un pequeño terreno. Vive y duerme a la intemperie. Sé que no debería permitirlo. Podría extenderse el ejemplo que está dando y poner en peligro el proyecto. Quizá debería tomar medidas (drásticas incluso) para acabar con esta rebeldía. Claro que una demostración de autoridad no sería bien acogida (sobre todo entre los jóvenes) y podría ser el detonante para que nuestra pequeña ciudad estallase.

No haré nada. Es mejor dejar las cosas como están. Todos queremos a Minerva. Era la persona más carismática de la comunidad. Recibe visitas continuamente. Cada uno de nosotros intenta convencerla de que vuelva al interior; que es bello y necesario estar con gente; que es hermoso pasear por nuestras calles y avenidas, porque estamos nosotros para acompañarla; que arriba pasará frío y calor, hambre y sed. Ningún argumento tambalea sus convicciones. Va a permanecer allí hasta nadie sabe cuando.

Quiere quedarse allá arriba y que la dejen en paz; Estar sola y olvidar nuestra forma de vida tanto como pueda. Le he preguntado si podré subir de vez en cuando para hablar con ella. Ha dicho que sí."

Una corta exploración le ha convencido de que no queda ya ningún poblado habitado. Mientras, sus pensamientos le han llevado sin darse cuenta frente a una barandilla en torno a un pozo. Una escalera de caracol se adentra en la tierra y se pierde en las profundidades. Comienza a bajar los escalones. La escalera tiene unos ocho metros de profundidad.

No puede dejar de pensar en los poblados abandonados; En la intensa vitalidad que debieron poseer en el pasado y en la cantidad de gente que habitaba allí arriba formando una sociedad marginal casi siempre, pero a veces mayoritaria. Recuerda cuáles fueron los inicios. En particular las primeras migraciones a la superficie inspiradas por las acciones de la productora Minerva. Aunque su ejemplo tardó nueve años en ser seguido, se hicieron realidad los temores de la primera comandante. La segunda deserción fue una pareja. Pusieron de relieve cuál era el verdadero peligro que representaban los agricultores: consiguieron reproducirse y tuvieron dos hijos. Se saltaron el control de reproducción del computador al negarse a pasar la supervisión médica periódica en la que se les suministraba los anticonceptivos.

Esto expuso claramente a los comandantes que la amenaza real que constituían los rebeldes era que se reprodujeran demasiado. El ordenador nunca permitiría que la población de conscientes creciera por encima de setenta y la única solución al alcance del computador, ya que no podía controlar la reproducción de agricultores, sería impedir que nacieran más vigilantes.

El detonante a esta situación, soportada de manera tolerante por los anteriores comandantes, fue la deserción de cinco vigilantes en el dos mil ochocientos, durante el mandato del tercer comandante. Al día siguiente se promulgó la ley de no reproducción de agricultores, sin embargo a los cinco años se habían reproducido y alcanzado el número de doce miembros. En ese momento se produjo la primera persecución de agricultores por parte de los vigilantes -o topos, como eran llamados por los habitantes de la superficie-. En esta ocasión se limitaron al encarcelamiento de los rebeldes, a excepción de los dos niños pequeños que fueron convertidos en vigilantes. Cuando los agricultores fueron liberados, después de cumplir una condena de seis años, sólo quedaban ocho. Los supervivientes regresaron a superficie con una esterilización permanente y nadie se volvió a unir a su causa. El seis de junio del dos mil ochocientos cincuenta y cinco, bajo el mandato del cuarto comandante, murió el último agricultor.

Por supuesto la historia no termina aquí, pues el cinco de marzo de dos mil ochocientos ochenta y seis desertó una nueva Minerva y la historia comenzó de nuevo.

Los pasillos del nivel inmediatamente inferior a superficie, al contrario que los pasillos ajardinados y amplios del nivel de los vigilantes, son estrechos y prácticos. Continúa sin observar restos recientes de actividad humana. Le resulta curioso que desde el primer momento en que vio las habitaciones de los vigilantes, o incluso antes, ya presentía que no iba a encontrar ningún consciente en la nave. Cuando subió a la superficie ya intuía que no iba a hallar ningún poblado habitado. No existía ninguna razón para no albergar esperanzas y no las tenía. En cambio ahora es cuando siente la necesidad de buscar en todas partes. Agotar todas las posibilidades buscando en la biblioteca, la sala de recreo, la filmoteca, la fonoteca, el gimnasio, el bar,... Supone que este juego de los contrasentidos es la defensa que ha encontrado su mente para protegerse de situaciones traumáticas: no esperar nada al principio, para ahorrarse la impresión inicial, y relajar luego la tensión.

Sabe que lo más rápido para comprender lo que sucedió en Oniris es bajar y leer lo que queda de los diarios de los comandantes, pero no quiere. Desea que pase el tiempo para poder asimilar un poco todo lo que ha sucedido. Piensa que la razón para la extinción de los conscientes pudo ser la proliferación de los agricultores, sin embargo le produce extrañeza ya que, por lo que conocía de la historia de Oniris, los topos se las arreglaron muy bien para sobrevivir, aunque para ello tuvieran que utilizar todo tipo de artimañas, violencias o engaños.

La estrategia seguida durante el mandato del quinto comandante para paralizar el crecimiento de la segunda oleada de deserciones fue la negociación, haciendo llamadas a sus conciencias y explicando el peligro que corría la misión, con lo que consiguió que regresaran dos de los siete desertores que habían seguido el ejemplo de la segunda Minerva. En aquellos tiempos todavía se creía en el proyecto. El desencanto por los soñadores y por lo que significaban llegaría más tarde. Continuando con su estrategia de negociaciones y apelaciones al sentido común, consiguió posteriormente que se firmaran los tratados de no-proliferación que estabilizaban el número de agricultores en doce, de modo que ellos mismos se comprometían a mantener esta cifra y en ningún caso superar los veinte miembros, aunque para ello fuera necesario que alguien regresara a los túneles.

Ha estado caminando por la nave y de pronto se encuentra frente a una cantera, es decir, uno de los lugares en que los exteriores desmantelaron Oniris para extraer materiales de construcción y así levantar sus chozas. Recuerda la primera guerra contada por el undécimo comandante el día de su llegada al mando, en el tres mil treinta y cinco.

"Soy el undécimo comandante y de manera irregular, por primera vez en la historia de Oniris, asumo el mando imprevistamente, después de la violenta muerte acontecida ayer al anterior comandante. Voy a contar mi versión de la historia para información a mis sucesores y así desmentir lo que escribió Yoshihiro.

Creo que él ha sido el peor comandante que hemos tenido. El computador se equivocó al elegirlo. Yo seré mejor gobernante. Se ha creado un grupo de oposición. Dicen que un descartado no puede ser adecuado para este puesto. El computador me concedió la vida para que fuera comandante. Cuando era niño me descartó. He crecido con eso y ellos siguen atacándome. Será difícil sacarme de este puesto. Me apoyan los exteriores y bastantes topos. Ayer terminó la guerra. Supongo que la verdadera razón de que empezara fue el desencanto. Ya nadie confía en el proyecto. En realidad esto sucede desde hace años, cuando se despertó a unos cuantos semivivos. No se puede creer en el futuro de la humanidad si se suicida cuando se la despierta. Perdimos la esperanza.

La misión para la que habíamos nacido era un fraude. Se multiplicaron las deserciones. Cuando el décimo comandante tomó el mando quedábamos treinta y cinco vigilantes y los exteriores eran treinta y siete. Estoy seguro de que Yoshihiro lo tenía todo planeado desde el primer día. A lo largo del primer año ultimó los preparativos. Se rodeó de un pequeño grupo de fieles. Yo jamás estuve entre ellos. Siempre mostré abiertamente mi oposición. Desgraciadamente me vi obligado a participar en la guerra. El primero de mayo del tres mil treinta y tres, Yoshihiro forzó la situación. Detuvo a dos agricultores que estaban extrayendo materiales de una cantera. Se les acusó por desmantelar la nave y poner en peligro la vida de todos sus habitantes. Se les condenó a cadena perpetua. Los agricultores se sentían fuertes. Eran superiores en número por primera vez en la historia. Decidieron rescatar a sus compañeros. Organizaron un grupo y cuando llegaron a la prisión cayeron en la trampa. El décimo comandante había despertado en secreto a cincuenta semivivos. El grupo de rescate fue derrotado. Yoshihiro nos convocó y organizó una batida. En mayor o menor medida todos participamos. Los semivivos no lucharon bien; algunos no estaban muy dispuestos; otros se suicidaron, pero aún así nosotros éramos superiores en número y los derrotamos. Los exteriores se defendieron bien. Por otro lado, algunos de nosotros estábamos en contra de la guerra y ejercimos resistencia pasiva, lo cual disminuyó en gran medida nuestra efectividad. A los cuatro días se dio por finalizada la batida. Quedaron once agricultores. Nosotros éramos veinte y diez o doce soñadores. Entonces comenzó el férreo mandato de Yoshihiro. Eso era lo que había querido siempre. Ejercer su poder sobre la totalidad de las personas que habitaban Oniris.

Comandantes anteriores también cometieron injusticias o actuaron de manera parecida con los agricultores, aunque ninguno tan brutalmente. La diferencia es que los demás lo hicieron pensando que era lo mejor para el proyecto. Yoshihiro sólo anhelaba poder personal. Durante los meses que siguieron sometió a los exteriores a la estructura piramidal de los vigilantes. Sus más fieles seguidores durante este tiempo fueron los semivivos despertados. No distinguían la realidad del sueño y no tenía importancia para ellos cometer crueldades. Hace unas semanas nueve vigilantes nos vimos en secreto con cuatro exteriores. Organizamos el ataque. Ayer, pese a que estaba protegido por sus zombis, le matamos. Conmigo se inicia un largo periodo de tranquilidad y sosiego. Se ha pactado con los agricultores y podrán vivir libres en el valle. No serán molestados mientras yo gobierne.

Con esta triste guerra ha bajado el número de conscientes y el computador pronto nos proveerá de nuevos vigilantes. Mientras tanto, los exteriores se han comprometido a ayudarnos en las tareas básicas para la supervivencia. Creo que verdaderamente conseguiré una paz duradera. Quizá nunca volvamos a alcanzar el número de cincuenta vigilantes, pero nos arreglaremos; Quizá algunas labores sean descuidadas, pero sobreviviremos, aunque de vez en cuando nos veamos obligados a solicitar ayuda a nuestros compañeros del exterior."

Al tiempo que vaga por la nave, bullen en su mente un montón de recuerdos. Tiene el cerebro repleto con las historias de los comandantes que son a la vez su historia. En muchos casos las siente desordenadas. Las leyó demasiado rápido y no ha tenido tiempo aún de clasificarlas en su memoria, una memoria por otro lado, muy confundida por lo acontecido en estos días. Con el undécimo comandante se inició, en efecto, una larga etapa de paz entre topos y exteriores continuada por sus sucesores. Esta extensa tregua fue tan positiva para los agricultores que al comenzar el gobierno del decimocuarto comandante en el tres mil ciento cincuenta y cuatro, sólo quedaban siete vigilantes. Hubo que buscar una estrategia diferente. Los vigilantes no podían bajar de uno por clan o se perdería el saber científico. También los exteriores necesitaban a los vigilantes, pues cada vez era más necesario sintetizar alimentos. A medida que pasaba el tiempo era más evidente que los vigilantes eran fundamentales para que la burbuja se mantuviera en condiciones de habitabilidad. Nació el compromiso de mantener la población de científicos. Los jóvenes más inteligentes bajaban al subsuelo y eran educados en uno de los clanes. Al cabo de dos siglos estaba completamente arraigada esta costumbre. Era un privilegio y un orgullo para cualquier joven del poblado convertirse en un científico. Cuando los interiores pedían ayuda desde sus galerías, los habitantes del valle bajaban prestos y solícitos a realizar la tarea que les era encomendada. Oniris no había atravesado una situación tan estable desde los orígenes, antes del desencanto. Por supuesto en la burbuja ningún equilibrio era muy duradero.

Siente un nudo en la garganta. No puede alargar esta espera durante más tiempo. Tiene que bajar y leer el último diario, para así conocer su situación con exactitud. No puede seguir retrasándolo, aunque le tiemblen las piernas y la mente se quede en blanco. Dentro de un instante va a iniciar el camino que conduce al diario y si su lectura acaba con cualquier esperanza posible, no sabe qué va a hacer. No quiere volverse loco, ni deambular el resto de sus días por esta nave solo y desquiciado. Ni siquiera concibe la idea de pasar una semana más sin estar o hablar con alguien. Lo que desea más que nada es volver con Himeko. Reiniciar la historia justo en el momento en que entró en fase, sin embargo sabe que el planeta se ha diluido y Himeko ha muerto. Él los destruyó con la fase. Himeko ha muerto y soñar esporádicamente con ella no basta. Si viviera todavía, se arriesgaría a volver con Madre, a pesar del terror que siente al pensar que le podría matar en cualquier instante. No se convertirá en un idiotizado y aterrado semivivo. No hay retorno posible. Comprende perfectamente que sus antecesores se suicidaran.

Nada es estable en Oniris. Sucedió bajo el mandato del vigésimo cuarto comandante, en torno al tres mil quinientos trece.

"Nosotros, los científicos, somos el verdadero espíritu y elixir de la vida de esta bella y acogedora burbuja que habitamos y los exteriores, pese a que viven al margen de nuestra ciencia en su elevado valle, nos admiran; anhelan ser como nosotros, envidian nuestra sabiduría y nos envían a sus mejores hijos para que los eduquemos en las deslumbrantes avenidas de nuestra ciudad. Sin embargo prefieren vivir en su valle, en su ignorancia, realizando labores absurdas e inútiles, cuando los vigilantes estaríamos encantados si regresaran y les recibiríamos con los brazos abiertos. Mi opinión es que permanecen arriba porque no quieren obedecer órdenes, no desean pertenecer a nuestra estructura piramidal, en la que el comandante ejerce su poder de manera férrea e indiscutible sobre el resto de los vigilantes. Ellos disfrutan de una dilatada tradición asamblearia -cada persona, un voto- desde hace siglos y su sistema, que innegablemente tiene virtudes, les gusta. Ahora que nuestra influencia es tan poderosa deberíamos, y así lo hemos decidido hace unas horas, aprovechar la situación y expandirnos; acrecentar nuestro número hasta conseguir que los vigilantes sean lo que fueron en la era dorada. Para esto iniciaré un proceso democratizador. Los siete científicos, y todos los que se quieran unir, se transformarán en asamblea presidida por un comandante que no será más que una figura ornamental y no ostentará mayor poder que el que le otorgue su voto. Cuando termine mi mandato los vigilantes habrán empezado a ser lo que fueron en los bellos tiempos."

Y lo hizo. Los exteriores regresaron en masa. En algunas ocasiones echaban de menos su vida y volvían al valle. Los científicos fueron creciendo y creciendo, y al morir el vigésimo cuarto comandante ya eran casi la mitad de la población.

No sabe cómo ha llegado a este jardín interior. Debe estar muy cerca de las estancias de los vigilantes. No debe retrasar la decisión de leer los últimos diarios. Por supuesto el vigésimo quinto comandante tenía opiniones diferentes. Fue él quien en la sombra organizó de nuevo el grupo de los cinco gobernantes. Lo mantuvieron en secreto, pues sabían que si se daban a conocer demasiado pronto, todo el esfuerzo realizado no habría servido de nada. Y el grupo de poder de los gobernantes conspiró discretamente durante dos siglos a la vez que el número de interiores crecía lenta e inconteniblemente.

Camina sumido en sus pensamientos y cuando se da cuenta ya es demasiado tarde para dar marcha atrás. El robot está ahí delante y su lucecita roja de alerta brilla con intensidad. Tarde o temprano tenía que suceder. Hace tres horas que camina por la nave sin ninguna precaución.

Tiene que engañarlo. No puede permitir que el robot le obligue a enchufarse a Madre de nuevo. El autómata se está acercando. Realiza un sondeo para obtener su identificación. Dentro de un instante le pedirá su código de soñador y explicaciones de porqué no se presentó a la cita con la otra unidad. Era cuestión de tiempo. No entiende cómo ha sido tan descuidado. Si Oniris hubiera estado en condiciones normales, no habría podido dar ni un paso sin que el computador enviara un robot guardián. Ahora es diferente, pero confió demasiado en la decrepitud de la burbuja. Pensó que quizá no quedaban muchas unidades en funcionamiento.

No debe permitir que le devuelvan al sueño-vida. Su corazón late desenfrenado; las venas de su frente están hinchadas; no puede disimular el temblor de las manos ni cerrándolas con fuerza. El monstruo electrónico está parado frente a él, mudo, sin decir nada. O quizá está chillando por su altavoz alguna pregunta que él no puede oír. Dolores como aceros le cruzan la cabeza. La luz roja se clava en sus pupilas, hipnótica, posesiva. El autómata está creciendo hasta convertirse en un inmenso gigante mudo que se burla de su tensión, de su miedo y se regocija en la espera, la incertidumbre, como una losa de piedra y lodo que amenaza con caer y aplastarle, pero que se sostiene milagrosamente en el aire durante otro segundo más. Las madres desfilarán con la intención de mutilarle. Le atarán con correas a la silla y le torturarán hasta matarle. No debe permitir que le enchufen. Su cuerpo está empezando a sufrir espasmos, como descargas eléctricas que le recorren los nervios. Está empezando a perder el control de sus manos. Su cuerpo comienza a parecer cada vez más ajeno. No debe permitir que le enchufen.

Su nombre es José de Agreste. Su nombre es José de Agreste y sostiene una daga entre los labios. El techo se hincha por encima suyo y una retorcida farola ilumina sus encerados recuerdos. Su nombre es José de Agreste y su cara arrugada se apoya levemente sobre la cristalera enferma que cubre el pozo donde guarda su cadáver. José de Agreste y la insistencia no es fortuita. Lo único que hizo fue acelerar su muerte. No cree que nadie en su sano juicio pueda acusarle de asesino. ¿Qué es una vida comparada con la pomposa majestad del universo infinito? En un pozo, guarda su cuerpo en un pozo y el alma entre los dientes. ¿Tiene algún sitio donde dormir esta noche? Detecta el olor denso de la sangre que libera. El techo se hincha. Quizá reviente volcando sobre su cuerpo todo el cieno y la putrefacción que esconde. Una capa de polvo, símbolo de la quietud del tiempo, cubre sus párpados. La oscura impertinencia del esqueleto de un antaño frondoso bosque clavetea su mente atormentada. Sí, el techo se hincha, las paredes le oprimen, el suelo quizá se hunda y su nombre es José de Agreste. Agreste, raza de hombres nacidos para el cultivo y composición de las melodías de la muerte, crueles hacedores de tormentos, apasionados fanáticos de la perfecta morbosidad. Su nombre, hace honor a su nombre. Su cinismo no es pasajero, ni siquiera circunstancial. En su pozo, cuida con respeto toneladas de despojos humanos. Los mima y los atiende como si fueran los propios. Puede recordar a la perfección a qué personas correspondía cada uno y cuál fue su muerte. Su estirpe se adentra en el pasado dejando un reguero de sangre a su paso; Una hilera de asesinos desconocidos e impunes que enriquecieron la historia con su arte. José de Agreste y su nombre se parece a él en los acentos.

Le duele mucho la cabeza. El robot se ha retirado a un lado del pasillo y sigue quieto sin decir nada. Tiene que escapar. Tiene que encontrar el camino aprovechando que el robot no reacciona, no importa cual sea la causa. Tiene que encontrar el camino a través de su dolor de cabeza. Los temblores están menguando, la crisis está remitiendo.

Otra vez en la habitación. Los discos están desparramados por la mesa y el suelo, donde los dejó hace unos días; la calavera sigue mirándole con su congelada sonrisa. Busca, probando los discos, aquel que perteneció al último comandante. Después de unos minutos encuentra un disco grabado, tras el cual todos están vacíos. Es el Octogésimo tercer Comandante. Está a punto de pulsar la tecla que le mostrará los textos y siente que cuando haya terminado de leer este diario, no le quedará nada por hacer en la nave, en este mundo, en esta historia.

4 de septiembre de 5036

"Sólo quedo yo, luego supongo que soy el comandante de Oniris. Comienzo a escribir este diario que es la única obligación que tienen ya los comandantes. Hoy he visitado a Rumiko. Estaba serena y sonreía. Hace unos meses murió el comandante y sólo quedamos Rumiko y yo. Ahora soy el último humano: en la Tierra no queda ninguno y los dormidos no cuentan. La razón de que no nazcan más magos es que la incubadora está rota. Yo fui el último niño que salió de ella, hace ya cuarenta y dos años. La sabiduría se ha perdido. Los antiguos habrían podido arreglarla, pero nosotros no supimos. Las cosas se rompían deprisa y no sabíamos repararlas. Poco a poco irán muriendo todos los dormidos. Nadie baja allí. El panal es zona sagrada y allí sólo se baja para enchufarse. Como Rumiko. Yo también bajo. Bajo a visitarla. ¿Qué importancia puede tener profanar el panal si no queda nadie para reprochármelo? No sé qué va a ser de mi vida. ¿Por qué no pudiste resistirlo?

2 de octubre de 5036

Rumiko ha muerto. La máquina la ha matado. Debió suceder hace varios días. Llevo algún tiempo pensando en mi suicidio. El Último Humano debe elegir cómo desea morir. Buscaré una muerte bella y simbólica, ya que conmigo morirá la humanidad. He pensado ir a un sector externo, presurizar una cabina y abrir la compuerta que conduce al vacío. Mi cuerpo será aspirado al exterior y explotará en décimas de segundo. Sería una muerte rápida y suave. Ahora que la nave me reconoce como comandante, tengo acceso total. No es justo lo que la madre ha hecho con Rumiko. Ella sólo quería vivir y ser feliz.

18 de octubre de 5036

Deseo morir, Rumiko. Nada tiene sentido desde que no puedo

visitarte. He comprobado que mi plan es factible. He estado en la cabina aislada del resto de la nave, con la mano muy cerca del resorte que abre la compuerta. Todos los dormidos morirán tarde o temprano. Oniris se convertirá en una burbuja llena de aire y vacía de vida, girando en el espacio. ¿Cómo es posible que marcharas dejando tan poco tras de ti? Tu rostro se está borrando en mi cerebro y tus palabras resuenan en mis oídos distorsionadas. Te estoy perdiendo, Rumiko, te estoy perdiendo de nuevo. Primero te enchufaste, luego moriste y ahora te estoy olvidando.

31 de mayo de 5037

Estoy enfermo. No sé por qué no he escrito más a menudo. Me he sometido al examen de la terminal médica del computador y no ha encontrado la causa. No me extraña. El antes esterilizado Oniris, se ha convertido en un caldo de cultivo. Los virus se estarán reproduciendo y mutando a velocidad de vértigo con tantos cuerpos pudriéndose a lo largo de estos años. El computador no tiene ni idea de lo que me pasa, pero me va a someter a un tratamiento antivírico general. Quizá porque no me va a leer nadie.

4 de junio de 5037

Me estoy muriendo. He acumulado agua y comida en la habitación, ya que dentro de muy poco no tendré fuerzas para salir. ¡Qué ironía! No me suicidaré como había planeado. El último ser humano muere de un constipado raro. No voy a elegir mi muerte. Oniris siempre ha gastado bromas macabras. El destino que me depara la burbuja posiblemente será mucho más doloroso y horrible que el que yo había escogido.

6 de junio de 5037

Me muero. Echo de menos a Rumiko. ¿Por qué no quiso que muriéramos juntos? ¿Por qué desperdició nuestras vidas?"

Levanta la vista de la pantalla y se queda mirando la pared. Está triste. La historia del último comandante le ha impactado. Se siente muy cercano a él. Es una pena que su muerte fuera de esa manera. Mira hacia la cama. El esqueleto sigue mirando desde sus cuencas vacías en la posición en que quedó al morir. Ahora él es el único consciente, el último representante de la humanidad. Se levanta y sale de la habitación. El plan que acaba de leer en los diarios le obsesiona. Sus restos orbitando hasta el fin de la eternidad en torno al planeta que vio nacer la vida. Piensa que es la mejor solución a sus problemas. Con él morirá la humanidad, todas sus grandezas y miserias, esperanzas y anhelos; morirá la historia misma, pues no quedará nadie para recordarla. Incluso el concepto de ser humano muere con él.

Le han quedado muchos diarios por leer. Quizá en ellos se explique por qué a los últimos vigilantes se les denominaba magos. Hay muchas historias que nunca conocerá, pero no le importa. Tiene suficiente con lo que ha leído ya. Probablemente tampoco se pierde nada excesivamente interesante. Al leer el diario de la trigésimo primera comandante tuvo la impresión de que la historia de Oniris era cíclica; Que una y otra vez iban a pasar las mismas cosas y que no se perdía nada si dejaba de leer. Ocurrió bajo el mandato de la trigésimo primera comandante, en torno al año tres mil setecientos sesenta y uno.

"Después de cuarenta y cuatro años de matanza, hoy se ha firmado la paz con los agricultores. Esto no aparece reflejado en el diario de mi antecesor, igual que otros muchos sucesos, así que me veo obligada a escribirlo yo. La tirante situación existente hasta ahora será suavizada durante mi mandato, mas no pienso ceder el poder que ostento. Los gobernantes continuaremos ejerciendo nuestro control sobre todos los habitantes de Oniris.

Este nuevo orden se inició en el tres mil setecientos diecisiete, cuando se cumplía el primer milenio del Día del Despegue. Durante los festejos se asesinó a los principales demócratas y el grupo de los cinco asumió el mando. Todo estaba perfectamente planificado. Mediante una o dos acciones ejemplarizantes acabaron con la posible oposición. Se dio la oportunidad de regresar a algunos agricultores y se encarceló a otros.

Se concedió una amnistía a los arrepentidos, y a partir de ese momento se consideró a los agricultores como humanos sin derechos. Los rebeldes eran condenados por sus delitos al exilio en el valle. De tal modo que hoy en las mentes de todos está grabado que ser un exterior es un castigo. Durante estos cuarenta años los agricultores han sido piezas de caza que cualquiera se podía cobrar.

La conducta del anterior comandante estuvo mal, pero al menos facilitó el retorno al viejo orden. Ahora que las cosas están bien encauzadas podemos permitirnos el lujo de ser tolerantes. Bajo mi gobierno se irán devolviendo gradualmente a los exteriores sus antiguos derechos, pero en ningún momento toleraré que se cuestione la jerarquía, la estructura organizada de los gobernantes. El comandante es comandante de todos los humanos, ya sean vigilantes o exteriores."

La historia da vueltas y vueltas y vueltas, y ahora él es el último humano. Quizá dentro de mil años otro soñador entrará en fase, despertará y su historia se repetirá. Quizá el universo quedó atrapado en un gran bucle y está condenado a repetir una y otra vez, detalle por detalle, todos los sucesos. Quizá Dios entró en fase, encontrándose consigo mismo al otro lado del vórtice, y ese fue su acto de Creación.

Un dolor repentino incendia su cerebro; ideas absurdas se apoderan de su mente. Se sorprende a sí mismo riéndose por motivos que ya ha olvidado. Se agarra la mandíbula mientras cruzan su cabeza imágenes inaprensibles, etéreas y veloces. Intenta con todas sus fuerzas atraparlas, pues esconden verdades profundas sobre el mundo y sobre su propia persona. Algo está mal. La realidad no debía ser así o quizá es su mente el origen del problema. Los huecos del mundo se están rellenando.

Pinchazos como agujas funden sus neuronas. Está perdiendo el control. Se concentra en recuperar una idea fundamental que apenas ha estado en su cerebro una décima de segundo, pero le ha dejado una sensación de inquietante desasosiego; se siente como en tinieblas después de haber vislumbrado una gran luz; nota como su subconsciente está borrando las pistas que conducen a ese pensamiento, y que cuanta más energía emplea en recuperarlo, más se desvanece y mayor es su sensación de vacío.

Se sujeta con fuerza la mandíbula intentando reponerse, no perder totalmente el control. Los pasillos de la nave están regresando. El suelo está apareciendo sólido a sus pies y las luces del techo iluminan de nuevo su camino. Sabe que ha dejado escapar definitivamente algo importante, aunque quizá pueda todavía cazar desprevenido a su subconsciente y robarle eso que con tanto celo esconde.

Se siente especialmente ligado a Himeko. Mucho más que a otras mujeres a las que ha amado. Probablemente es porque se conocieron muy jóvenes y tuvieron mucho tiempo para estar solos. Si volviera a la máquina quizá pudiera escapar del bucle y tener así otras historias que vivir, pero Himeko no estaría en ninguna. Su recta está totalmente desechada. No podría vivir en ningún mundo en el que no estuviera ella.

De pronto se sonríe. Contempla donde le han llevado sus pasos al azar. Se encuentra en la entrada del sector que explotó poco después del despegue de Oniris. En este área, en una de las cabinas que quedaron después del accidente, es donde el último comandante planeó suicidarse. La compuerta frente a él está herméticamente cerrada y así quedará para siempre, ya que a este sector sólo los comandantes tienen acceso.

Repentinamente una idea cruza por su mente y coloca la mano sobre el lector. La compuerta se abre. Tiene acceso al sector. El computador le ha reconocido como comandante. Le parece divertido. Siente tentaciones de volver a la que es ya su habitación y escribir en su diario que un zombi es ahora el comandante de Oniris.

Entra y la cámara se ilumina. La compuerta se cierra tras él y queda aislado del resto de la nave. Enfrente hay un gran panel tras el que, en el diseño original, debía encontrarse el hangar de la nave, y ahora es la única frontera entre Oniris y el cosmos. A sus pies ve un mando conectado por un grueso cable a la gran puerta. Con él podrá abrir el panel. Se sienta y examina el mando. Consta de un lector y un botón rojo. Coloca la mano sobre el lector y obtiene el acceso. El botón rojo se ilumina y parpadea. Si aprieta ese botón, el panel cederá y la diferencia de presiones entre el espacio y el recinto en que se encuentra, provocará un efecto explosivo. El vacío succionará la materia que se halla en la cámara, él incluido, y saltarán al espacio. La diferencia de presiones seguirá actuando rompiendo primero sus venas y partes más blandas. Su cuerpo se esparcirá en un breve instante por el espacio hecho pedazos, mas él apenas se habrá dado cuenta.

De pronto se le ocurre que ésta es una manera más de distinguir el sueño de la realidad: Si es cierto que se desenchufó de Madre, al apretar el botón morirá de verdad y dejará de existir; en cambio si aún está enganchado al sueño-vida, morirá y se verá inmerso en una nueva historia. El problema es el de siempre. Si está soñando se dará cuenta que así era, pero si está despierto, tras la muerte sólo le espera la nada y nunca sabrá si estuvo o no desenchufado.

Tiene el dedo sobre el botón. Nunca pensó en serio suicidarse y sin embargo aquí está. Ya no se va a volver atrás. Es la solución correcta. Se prepara cerrando los ojos. No ser. No ser. Sólo no ser más. No pensar. No sentir. No saber. No creer. Abandonar este absurdo. Esta absoluta ausencia de sentido y no ser. No ser y entonces no haber sido nunca. Su esencia misma se diluirá tras apretar este botón y eso debe ser un agradable descanso. Es joven y sin embargo ha vivido mucho. Intenta aprehender con la imaginación el rostro de Himeko. Quiere morir con esa imagen en la mente. Aprieta el botón.

IV. MADRE-TIERRA

Ya somos cuatro en esta cueva: Takashi, que apenas existe como una neblina de labios imprecisos y mirada etérea; Está Hayao, Viejo omnipresente ocupando cada resquicio y cada grieta de mi ser, pugnando por abarcarlo por entero; Osamu finalmente, que es casi un desconocido todavía, aunque agita en mi interior tantos sentimientos dormidos.

Takashi se fue, pero prometió volver. Y yo esperé. Sigo esperando, ya sin esperanzas, aunque tampoco tengo nada mejor que hacer. Viejo siempre decía que estaba loca. Viejo también se fue. He estado sola muchos años. Viejo me contaba historias bonitas: *Somos la cima del tiempo, Akari. Cada uno de nosotros se asienta en la cúspide y alrededor de nosotros las cosas resbalan en el pasado. A veces es imperceptible, Akari, pero hasta entre tú y yo hay un lapso de tiempo que enturbia nuestra comunicación.* Pobre Hayao. Toda su vida fue un inadaptado. Como yo, pero por otras razones. Sus motivos eran una rebeldía sin explicaciones, una perenne desilusión por el mundo que le había tocado vivir.

Mi rebeldía en cambio fue distinta. No pude cumplir las normas. Me marginé involuntariamente, aunque hubiera sido una persona feliz y perfectamente adaptada si no hubiera sucedido aquello. Hayao se confundió. Me observó solitaria y antisocial, y se imaginó que ambos éramos almas gemelas. Él era un combatiente, un guerrillero luchando desde el interior. En Hayao todo estaba planeado. Su batalla, su desacuerdo, no era casual, sino que brotaba de su misma esencia. Por eso acabaron con él. Yo me salvé encerrándome en este agujero. Llevo tantos años aquí que ya se habrán olvidado de mí. Algún día -no muy lejano- moriré y el computador de la universidad se dará cuenta cuando eche en falta el informe mensual. Se limitarán a enviar a otro psicólogo y se acabó.

Cómo era que decías, Hayao. *Allá a lo lejos, veo una estrella. Es bonita, luminosa, llena de vida temblorosa, y sin embargo puede que en este momento haya dejado de existir. Es probable que haya muerto explotando en una supernova o contrayéndose en una enana blanca, en un púlsar o en un agujero negro. Lo que ahora vemos no es más que una imagen lanzada al espacio hace milenios. Allí está la Galaxia de Andrómeda. Su luz fue emitida hace dos millones de años y sólo ahora llega hasta nosotros. Cómo podemos aspirar a comprender el universo, autoerigirnos ciudadanos del cosmos, si sólo podemos contemplar el pasado.* Yo sin embargo, hace mucho que no miro el cielo. Debería salir de esta gruta insonorizada y planear un paseo al aire libre. Viejo diría que tengo miedo a salir fuera, que prefiero vivir en un mundo aséptico y artificial donde no haya recuerdos de mi pasado. *La única forma de curarse es enfrentándose a la realidad. Mientras te escondas, los fantasmas seguirán creciendo en tu interior y estarás cada vez más asustada.*

Viejo hace mucho que es mi único interlocutor. Supongo que todo el mundo tiene una voz interior con la que conversa. La diferencia, en mi caso, es que mi voz tiene nombre y una peculiar tonalidad. Probablemente hay un conjunto de neuronas que están engarzadas entre sí y atrapan todos los días nuevas neuronas, y que todas ellas conforman lo que en mi mente se llama Hayao. Le dotan de una personalidad determinada, una voz, una imagen arrugada, intentando imitar lo mejor posible a la persona que yo conocí hace tantos años. Han almacenado toda la información que han podido: todas las palabras que dijo, todos sus actos, y muchas otras cosas que no dijo, ni hizo, pero que yo he inventado para él. De este modo Hayao, Viejo, casi ha conseguido ser una entidad independiente dentro de mí. Alguien con quien es agradable conversar, aunque prácticamente nunca diga nada que yo no sepa de antemano. En realidad esto es muy parecido a la esquizofrenia, pero una esquizofrenia sana que me cura de otras demencias más graves. *Mira Sirius, Akari. Hace dos mil años que fue emitida esta luz que llega hoy hasta nosotros. Allí está Marte. Sólo se encuentra a unos minutos en el tiempo de aquí. Si tuviéramos un telescopio adecuado podríamos observar algún quasar. Su luz tarda doce mil millones de años en alcanzarnos. Allá donde miremos, contemplamos el pasado. Dependiendo de si miramos más cerca o más lejos, así será de antigua la imagen que recibimos, pero no podemos percibir ningún otro lugar donde se desarrolle el presente. Si hasta la imagen de la Luna tarda unos segundos en llegar hasta nosotros. Somos la cima del tiempo y de esta forma el conocimiento nos está vedado.*

El castigo de la soledad es condenarnos a revivir mil veces el pasado. Recuerdo una y otra vez las mismas cosas, introduciendo esporádicamente pequeñas variaciones; jugando, en ocasiones, a realizar cambios sobre los hechos ya acontecidos, e intentar adivinar qué hubiera sucedido entonces, cómo hubiera cambiado mi destino si en vez de decir o hacer aquello, hubiera dicho o hecho esto otro. Es un juego peligroso que a veces desemboca en mis voces. Esas voces que me persiguen desde la infancia, gritando en ocasiones por encima del umbral que puedo soportar sin enloquecer. Tantos años juntas y todavía la soledad y yo no somos buenas amigas.

Mi soledad nunca ha sido tan evidente como cuando días atrás llegó Osamu desde su nebulosa esfera, trayendo con él retazos de cómo se desarrollan las relaciones normales. El contraste de tener cerca a alguien de carne y hueso para conversar, me devolvió el recuerdo de lo grato que era.

Sonó la alarma, avisándome que una persona se había fugado de la nave. Cuando llegué, se había desmayado y estaba delirando. Permaneció en mi cama dos días con fiebre y sin recobrar completamente la conciencia. El pobre pensaba que se encontraba aún en el sueño-vida. No entendía. Gritaba palabras incoherentes acerca de una fase, de que tenía que escapar, sobre que todo era un sueño; decía que en realidad estaba muerto y murmuraba muy a menudo un nombre de mujer: Himeko.

Era un chico joven, de treinta y pico años. Yo le miraba dormir y agitarse nervioso por las pesadillas y me parecía guapo y esbelto. Muy similar a mi añorado Takashi. Tengo setenta y un años. Nunca pienso en mi edad, pues aquí abajo no parece importante, pero Osamu me lo recordó. De repente fui consciente de los años que habían transcurrido. Le acariciaba y él me apretaba muy fuerte la mano en sueños, y yo sabía que al despertar no me cogería más la mano.

Es tarde para mí. En realidad mantuve otras relaciones después de que Takashi me abandonara, pero siempre fueron cortas y confusas. Luego sí me resultó posible convivir con otras parejas, pero de alguna manera su ausencia las deterioró. *Es mentira, Akari. Nadie quiere como tú dices salvo en los folletines. Cuando las personas a las que queremos se marchan se las olvida al cabo de un periodo más o menos largo; Las añoramos de vez en cuando por supuesto, sin embargo, la vida sigue con normalidad junto a otras personas. Nunca te marcan tanto al desaparecer, ni destrozan toda posibilidad de empezar de nuevo una vida, como mantienes. A ti lo que te sucede es algo diferente, que únicamente tú puedes saber. Te estás engañando pensando que ese Takashi es el culpable de cada una de tus desgracias actuales.*

Lo que me gusta de Hayao es que siempre me habla como si tuviera treinta años. Claro que él no puede imaginarme vieja, como soy ahora. Yo tampoco puedo. Siempre que pienso en mí, me veo con el rostro que tenía el día que mataron a Viejo.

Lo peor de que Osamu se fugara de la esfera fue tener que responder a sus preguntas. Cuando escogí este destino fue en gran parte por tener acceso a los experimentos clasificados realizados aquí durante estos dos milenios. Pero el Proyecto Oniris es casi un secreto y está prohibido dar información. Mucho más si el que pregunta es una de las cobayas que acaba de salir de la nave y sobre cuya fuga no se ha informado.

He sido un ser antisocial durante demasiado tiempo, como para que un reglamento obsoleto suponga algún obstáculo. Lo más duro de contarle la verdad del proyecto fue tener que contemplar su rostro mientras se enteraba. He visto muchos soñadores en las grabaciones, he estudiado con detenimiento su psicología, su estructura mental, sus respuestas frente al despertar, pero Osamu era un tipo raro. Tenía peculiaridades que escapaban a su clasificación dentro del modelo de soñador.

Lo que más me intrigó fue eso que él llamaba la fase. Le sucedió una vez delante de mí. Sufrió una alucinación y simultáneamente su cuerpo desprendió un fuerte calor. No estoy segura de si al final conseguí convencerle de que no estábamos en el sueño-vida. *Ésta es la historia más extraña y enrevesada en la que he estado jamás. Es como una cebolla a la que le quitas la cáscara y debajo hay otra, y luego otra. He escapado ya de varios mundos y ahora tengo que escapar de éste. Estoy seguro de que todo es culpa de la fase. Hice un nudo con un montón de rectas y debo deshacerlo.* A menudo pienso que fingió creerme para que le dejara en paz, pero que en ningún momento varió su opinión acerca de que aún estaba enchufado.

No, al principio sí me creyó. Su curiosidad era inusitada. Quería saber qué era Oniris, qué experimentos se habían realizado, qué había sido de la Tierra.

Le doy vueltas y vueltas al pasado intentando archivar en mi memoria lo acontecido con total fidelidad, puliendo las imprecisiones e introduciendo pequeñas variaciones que harán mis recuerdos más gratos. Me resulta placentero reconstruir las conversaciones, los monólogos y a veces también los hechos, aunque siento una especial predilección por recordar las palabras.

Takashi, he gastado tanto tiempo en esta historia; me he empleado tan a fondo en ella; me ha costado tanto esfuerzo ganarme tu confianza y depositarte la mía; nos han costado nuestros sentimientos tantas sinceridades, tanta vergüenza, tanta tortura, para al final estar tan bien acoplados, tan al unísono, tan amigos, tan perfectamente conocidos, que no entiendo lo que pasa. De pronto, o quizá no fue tan de pronto, no te intereso. Podría contártelo todo, pero no te interesa. Me queman en la garganta las palabras que jamás he pronunciado y no puedo decírtelas, pues bastante esfuerzo tengo que hacer para vencer mi natural animadversión por ser sincera con estas partes oscuras de mi ser, como para tener que esforzarme también en perseguirte, acosarte e insistirte, hasta conseguir que encuentres el momento propicio para escuchar mis confesiones. Es increíble. Me ha costado siete años depositar en ti mi confianza, y ahora que podría ser totalmente sincera ya no te interesa. Cuando al fin quiero contar mis historias no hay nadie que desee escucharlas, y vuelven para adentro al lugar que ocupaban antes. Hemos invertido tanto tiempo en esta relación, la cual -ya sabemos- no puede conducirnos a ningún sitio, que siento pereza si pienso en escapar de este callejón sin salida, en comenzar con otra persona desde el principio. Empezar de nuevo desde cero, siendo consciente de todo el camino que queda por recorrer. Ir paso a paso, repitiendo las palabras que sólo a ti dirigí en exclusiva; repitiendo los actos que contigo fueron originales y sinceros; repitiendo los besos, lágrimas, las esperanzas, deseos y actitudes que contigo fueron inocentes. Todo el camino que me quedaría por recorrer y que me puede llevar a otro callejón sin salida. Quizá es que el interés se pierde siempre, o al menos el interés que yo considero fundamental. Y si en ninguno voy a encontrar lo que busco, para qué intentarlo. Y si a tu lado no tengo lo que necesito, para qué seguir. Para qué estar contigo o con nadie si ahora tengo que callar lo que siento.

Han pasado más de cuarenta años y yo aún sigo recitando las frases, repensando los argumentos, variando el tono de voz, buscando las palabras adecuadas y los sentimientos más verosímiles. Cuando este discurso esté completo y acabado, Takashi tampoco estará aquí para escucharlo. No estuvo entonces para oír las confusas palabras que había preparado y no estará cuando haya terminado de aclarar los conceptos en mi mente.

No, no es una pérdida de tiempo en cuanto que este ejercicio me sirve para sentirme viva en este agujero en que sólo los recuerdos transcurren a lo largo del día.

Su mente se rompió. Durante algún tiempo me miraba con los ojos grandes y sin hablar. Murmuraba incoherencias que yo apenas entendía. El tercer día comenzó a recuperarse. Me seguía continuamente, quería conocer cada secreto de la burbuja, me escuchaba con fanatismo. *Esa gente ha muerto para nada. Sacrificaron sus vidas creyendo que el destino de la humanidad dependía de sus actos y todo era un fraude. La libertad estuvo durante siglos a unos metros y nadie saltó al vacío. O acaso alguien lo hizo antes que yo.* No, no hay constancia de que alguien escapara con anterioridad. Al menos no hay nada en los archivos. *Tanta gente sufriendo y penando dentro de un cascarón cerámico que nunca despegó de la Tierra. Sólo tenían que abrir la puerta y salir.*

Gritaba, se enfadaba, le resultaba imposible soportar el absurdo y cruel Proyecto Oniris. *Se están muriendo, Akari, hay que salvarlos. Las máquinas se han vuelto locas y están asesinando a los soñadores.* No podemos. *Tenemos que avisar de lo que está pasando y que alguien paralice el proyecto.* Ya lo saben. Hace siglo y medio que el Proyecto Oniris fue abandonado, pero era más barato dejarlo todo como estaba. Yo soy todo el personal que dedican al proyecto. Pensaron que la nave se iría deteriorando hasta que no quedara nadie vivo en la burbuja y entonces se daría por zanjada la cuestión. Se precintaría este lugar y olvidarían su existencia. *Pues hagámoslo nosotros: vamos dentro y soltémosles.* Y, qué hacemos con más de treinta mil soñadores suicidas, esquizofrénicos o desquiciados sueltos por el mundo.

Además, las madres solicitarían más soñadores a las incubadoras y dentro de poco se habría reproducido el problema. La única manera es paralizar el computador o destruirlo todo y nosotros no podemos hacer ninguna de las dos cosas.

Cuando se abandonó el proyecto, decidieron acabar con la tortura de los conscientes. Se manipuló el computador y la incubadora de los vigilantes dejó de funcionar. No se consiguió convencer al computador de que dejara de producir soñadores y de todas formas ellos no sufrían y quizá fueran necesarios algún día. *Durante estos dos milenios los vigilantes intentaron manipular el computador por diversos motivos y nunca consiguieron nada, o al menos eso fue lo que leí en los diarios.* La informática es en lo único en que nuestra civilización ha avanzado desde la crisis del siglo XXI. *Cómo es el mundo ahora, Akari.*

Quería saberlo todo. Igual que Hayao. Sus curiosidades eran muy parecidas. Eran obsesivos. Cuando una pregunta entraba en sus mentes le daban vueltas al asunto hasta la exasperación y me tenían despierta hasta el amanecer. *Estamos habituados, Akari, pero no es normal. El mundo se paralizó y nadie ha entendido nunca los motivos. Vivimos igual que hace tres mil años; utilizamos los mismos coches solares que hace tres mil años. Los edificios de cemento y hormigón, las aceras de baldosas, las mismas formas de energía eléctrica. La historia se estancó. Seguimos repensando la ciencia del siglo XXI y nunca hemos podido hacer nada nuevo. Hemos pulido las teorías, hemos hecho y rehecho los cálculos matemáticos, hemos mejorado las aproximaciones, en algunos casos hemos descubierto nuevas aplicaciones de viejas teorías y en la mayoría hemos desarrollado aplicaciones que ya eran evidentes para nuestros antepasados. La ciencia está llena de teorías imperfectas, pero nadie ha sido capaz de hacer nada mejor. Ahora ya nadie lo intenta. Sólo los informáticos y vosotros, los psicólogos, habéis desarrollado vuestros saberes. Y en este momento hasta vosotros os habéis agotado. Y a nadie le importa. Parecía que Marte estaba al alcance de la mano y ahora sabemos que, por lo que a la técnica respecta, podría estar en el infinito. Y a nadie le importa. La gente ya no mira el cielo. No se pregunta nada. Viven sus vidas planificadas, en sus casas planificadas, con sus hijos planificados y casi siempre mueren en el día previsto.*

Pobre Viejo; tú no moriste el día previsto. El programa decidió que murieras mucho antes. Eras antisocial, un insulto a los valores de la moral comunitaria. *Tú puedes escapar de ellos, Akari, debes engañarlos. Cuando vengan por ti hazles creer que estás con ellos. Una vez hayas pasado el test podrás seguir tu vida normal. Ellos ya no volverán. Te dejarán en paz. Aún queda mucho tiempo hasta que algo empiece a cambiar realmente. Entre tanto...* Pero volvieron. Y tuve que esconderme aquí, en este lugar que al principio me pareció el paraíso pues estaba sola, nadie me miraba, y además podía estudiar los experimentos que se hicieron en la burbuja, muchos de ellos secretos para el público; aunque los resultados fueron ampliamente difundidos, apenas unos pocos conocemos los irregulares métodos que se utilizaron para conseguirlos. La contrapartida era que jamás podría salir de aquí. Al principio esta cárcel me pareció maravillosa.

Qué desdibujada se ve la masa oscura de Oniris. Llevo demasiado tiempo en este mirador particular repensando las mismas palabras. Debería acostarme, pero no quiero soñar. Cada noche la misma tortura. Llaman a la puerta y sé que es él que está ahí para cumplir su promesa de regresar.

Recuerdo unas palabras que me escribió y se quedaron grabadas en mi memoria: *No podría vivir sino sabiendo que puedo volver a ti en cualquier momento. Si ahora me durmiese, al despertar iría directamente a tu casa y no podría soportar no encontrar a nadie, o encontrar a una persona extraña que no supiera nada de ti. Yo querría que tú me abrieses la puerta y que todo fuera como siempre. Has visto qué egoísta es el amor. Aún después de muerto yo te exigiría que me siguieses amando...* Yo he esperado todo este tiempo porque prometió volver y quizá ahora ha despertado y está al otro lado de la puerta.

Espera, ya voy, pero no sale ninguna palabra de mis labios. Vuelven a sonar, más fuertes que antes, los golpes en la puerta. Me levanto. Ya no será como cuando le conocí. Han pasado muchos años. Los dos habremos sufrido grandes cambios. Cómo soy yo. Hace eras que no me miro en un espejo. Quizá sea muy vieja. Abro la puerta y es él. No ha cambiado ni un minuto y yo tampoco. *Venga, vamos al parque.* Yo le sigo. No me importa nada. Él ha vuelto y no quiero hacerme ninguna pregunta con posible respuesta peligrosa, del tipo: Siguen existiendo los parques, o por qué no hemos cambiado nada.

Al final has despertado como prometiste. *Sí.* ¿Por qué no

regresaste antes? *No pude.* Cuando alguien se marcha definitivamente es como si hubiera muerto, ¿no crees? Él se arrodilla sobre el césped, acaricia la hierba con la yema de los dedos, acerca el rostro hasta rozar las briznas enhiestas y finalmente se tumba por completo con los brazos extendidos sobre la mullida alfombra vegetal.

Cuando me vuelvo ha desaparecido. Estoy sola otra vez. Camino hacia el precipicio y contemplo desde el borde las olas del mar estrellándose contra el acantilado, la espuma blanca expulsada sobre el cielo y deshecha en millones de gotitas. Contemplo el horizonte difuminado por la soledad y edificado sobre una esperanza muerta. El mar, nunca había imaginado así el mar. Es mucho menos espectacular de lo que yo esperaba, pero mucho más cautivador; te absorbe, te posesiona, es como mirar hipnóticamente una llama de fuego, o la lluvia, o la pantalla del visor... Respiro hondamente la brisa marina. Este aire puro contra mi cara. Nunca hice nada tan satisfactorio como respirar este aire. Siento un mareo que me empuja y tambalea sobre el borde del precipicio. Sé que algo en mi interior desea morir. Una mano me coge en el último instante. Ah, eres tú. Has vuelto... Me he mareado. Cierro los ojos y me abrazo a él. *No debes morir en mi sueño, Akari. Ni siquiera debes desearlo.*

No quiero seguir recordando esta pesadilla. No entiendo por qué sigue siendo tan doloroso. Viejo siempre decía que yo era la culpable. No los múltiples hombres estúpidos que vinieron luego, sino yo. Decía que esa antigua historia en mi juventud no era suficiente para explicar mi obsesión e incapacidad para mantener otras relaciones. Viejo nunca tomó en serio aquello y a veces hasta yo dudo que haya algo que tomar en serio. Por otro lado no puede ser mentira pues nuestro pasado no es más que aquello que creemos recordar o sentimos que sucedió. No existe el pasado, sólo nuestro presente y los recuerdos que nos acompañan en este momento. Los recuerdos cambian de forma muy a menudo a lo largo de la vida y siempre son correctos pues únicamente nos tenemos a nosotros. Estamos aislados del mundo. Sólo lo que sentimos de la piel para adentro es cierto.

El enunciado de la ley de Tezuka dice: Los mismos hechos objetivos, codificados de la misma manera y enviados a diferentes individuos por idénticos cauces, producen desiguales impresiones de realidad, en algún caso radicales distorsiones de la misma, que no dependen únicamente de los genotipos de los individuos, de los diversos medioambientes en los que se desarrolló su cerebro ni de la realidad inmediatamente anterior a la suministración de estos hechos, sino que esta distorsión de la realidad también es debida a un proceso aleatorio durante el crecimiento de las dendritas hasta capa principal a lo largo de los primeros años de vida y a errores involuntarios e inevitables en el procesado y archivo de la información en circuitos de neuronas.

Los soñadores constituían los individuos perfectos para experimentar este tipo de leyes. Se tomaron embriones clónicos de modo que poseían el mismo genotipo y se les hizo vivir historias idénticas, por lo que sus cerebros se desarrollaron en el mismo medio, experimentando las mismas vivencias.

Una teoría, hoy en día descartada, decía que en estas condiciones imposibles de preparar en algún sitio que no fuera Oniris - por otro lado ilegales- los individuos ofrecerían idénticas respuestas ante idénticos estímulos, ya que un ser humano no es más que la suma de genes manifestados y medioambiente en el que se ha desarrollado la personalidad. Los más reduccionistas apoyaban esta teoría y añadían que los individuos, además de dar iguales respuestas ante los estímulos, tendrían exactamente los mismos pensamientos y sentimientos.

Cuando se realizó el experimento con los soñadores se observaron graves diferencias en las respuestas. Se repitió la experiencia de manera exhaustiva hasta que se descartó el que las variaciones en el comportamiento de los diversos clones se debieran a errores de las madres al enviar las historias. Decididamente los soñadores clónicos no eran seres idénticos.

Ahora, el mecanismo es mejor conocido: la aleatoriedad juega un papel muy importante, tanto en la fase de desarrollo del cerebro, como en la codificación y descodificación de información. En realidad, en el experimento de extraer respuestas a partir de la introducción de estímulos idénticos a varios soñadores, el cerebro se comporta como un sistema caótico: cuando se enlazan consecutivamente varias pruebas, unas detrás de otras, las respuestas se hacen cada vez más disímiles hasta estar, tras muy pocos pasos, grandemente separadas entre sí. Cuanto más larga era la cadena de experimentos, más se diferenciaban sus comportamientos.

Este experimento acabó con uno de los grandes sueños de Oniris: el de la duplicación del experimento psicológico. El gran problema de la psicología, que la distingue de las demás ciencias físicas, es que en esta rama del saber que trata de lo humano no se puede repetir un experimento de modo que las condiciones iniciales sean suficientemente parecidas. Nunca se puede ser concluyente al afirmar que las nuevas condiciones iniciales del segundo experimento no invalidan parcial o totalmente las conclusiones de éste.

El inconveniente de las materias sociales es que hay que realizar los experimentos con humanos, que son unos seres que tienen memoria, luego recuerdan las pruebas que se les realizan y no se les puede volver a utilizar en el mismo experimento; por otro lado, la gran diversidad del género humano provoca que al escoger a otras personas en quienes repetir las pruebas, nunca se esté completamente seguro de que las múltiples diferencias entre individuos no modifiquen grandemente el experimento que se está realizando.

El castigo de la psicología es el mismo que debe soportar el ser humano: la vida sólo se vive una vez y estamos condenados a no saber nunca si lo que hicimos está bien o mal; somos unos bichos que no pueden ser juzgados, pues no tenemos ninguna otra vida con la que comparar y de este modo saber si estamos actuando de la mejor manera; nuestra vida es un borrador, un único ensayo tras el cual no hay ninguna representación definitiva.

Sí, Osamu, ese es el problema: No podemos repetir la vida y eso, en organismos complejos y con grandes diferencias entre sí, significa no poder repetir el experimento. Se demostró que los soñadores clónicos viviendo la misma historia no constituían seres idénticos. La teoría estándar en inteligencia artificial tuvo que ser modificada. Se introdujo, de la forma adecuada, la aleatoriedad como algo esencial en el cerebro artificial y éstos empezaron a cometer errores, pero también a ser creativos. La creatividad, que ya era un saber desentrañado, encontró una fuente de inspiración perfecta en la generación de dipolos aleatorios.

Kokusai dijo: La diferencia entre un creador y un cretino es que, aunque en ambos casos nos encontramos ante cerebros imperfectos que cometen errores y que llegan a conclusiones absurdas o descabelladas, el creador sabe producir un entorno en el cual el dipolo estímulo real-respuesta inadecuada subsiste y tiene una coherencia interna.

Yo supongo que hay muchos tipos de creadores y cretinos, y que algunos de ellos sí que pueden definirse con esta cita. La inteligencia artificial no sólo aspiraba a reproducir la creatividad humana sino también a mejorarla. Confiaban en que algún día no sería necesaria la extracción aleatoria del dipolo creativo y que encontrarían un algoritmo determinista del cual surgiera la creación.

La psicología, desde el principio, estuvo pendiente de los avances en inteligencia artificial pues los informáticos, a medida que construían computadores más complejos, estaban explicando el funcionamiento del cerebro humano; estaban entroncando directamente con la psicología, con la lingüística, con la neurología y con la filosofía. Miyazaki dijo: Cuando quieras saber cómo funciona el cerebro humano mira a tu alrededor. Lo que el hombre crea y construye, explica su propia esencia. El ser humano no puede escaparse de su condición de humano y cuando crea o fabrica reproduce sus propias estructuras y esquemas de funcionamiento. Ve a una oficina que es como un cerebro tosco; Mira el archivador y verás la memoria a largo plazo de la mente humana con un método clasificador similar al del cerebro; Mira el pinchapapeles y verás cómo se organizan los estímulos llegados ese día en la memoria a corto plazo. El ser humano no puede escapar de su condición de humano y vuelca en cada pequeño detalle la estructura de su pensamiento.

Pronuncio frases que no estoy segura de que estén correctamente enunciadas, que son diferentes de las que los verdaderos autores escribieron, que probablemente modifico con mi propia manera de pensar, pero no importa pues ya he reabsorbido esas ideas y ahora forman parte de mí. Me pertenecen y tengo derecho a expresarlas como desee.

Hubo muchos otros experimentos en el proyecto Oniris, en algunos casos más crueles para con los soñadores que estos. *Para qué construyeron Oniris.* Lo más duro fue contarle a Osamu la verdad. Me preguntaba constantemente y yo bajaba la mirada y en ocasiones le respondía.

Está cambiando mi manera de pensar con respecto a la burbuja. A veces nos obsesionamos con la búsqueda de la verdad, la obtención de un bien mayor para la humanidad y nuestra moral se diluye. Yo me sacrificaría por desentrañar ese saber que para mí es tan necesario y, de hecho hace dos mil años, muchos de mis colegas se ofrecieron voluntarios para formar parte de los cincuenta mil soñadores iniciales, pero eso no puede ser excusa para sacrificar a tantas personas a las que previamente hubo que engañar. *Di, Akari, para qué construyeron Oniris.* Por eso me resultaba tan difícil contarle algunas cosas a Osamu. Cómo decirle que en Oniris se hicieron experimentos genéticos, se ensayó con lenguajes condensados, se hizo simulación de ambientes hostiles, resistencia al dolor y se infringieron todo tipo de torturas inimaginables, que hubieran sido ilegales en cualquier otro sitio excepto en la burbuja. Posiblemente existen documentos a los que ni siquiera yo he tenido acceso, pese a que se han asegurado que jamás podré contar fuera lo que aquí he aprendido.

Osamu llegó como embajador del sufrimiento de los habitantes de Oniris y reestructuró mi pensamiento. Sigo sin poder renunciar a los conocimientos que la humanidad adquirió en este proyecto, pero quizá había otros modos de alcanzarlos.

Quería comprender qué había pasado y por qué no estaba

muerto; quizá asegurarse de que yo no era un sueño. Al principio se limitaba a escucharme sin entender demasiado. Luego se deprimía y a veces se ponía furioso, golpeando cosas y gritándome su ira.

Sólo en otra ocasión me he sentido como con Osamu. Takashi fue la única persona a la que pude amar. Luego no vino nadie como él. Todos los demás eran estúpidos o me parecían vacíos. No tenían nada que contar y constantemente repetían las mismas trivialidades. Eran egoístas, indiferentes y banales. Parecía que yo no existía para ellos. En cambio Osamu salía tan desdibujado de la burbuja, tan de otro mundo y a la vez tan real, tan sólido. Llegó demasiado tarde. Ahora sé que lo que decía Viejo no era cierto. No se trataba de mí, sino de la estupidez de los hombres que encontraba y ahora que por fin hallo alguien al que podría amar resulta que soy una anciana. La vida no me ha tratado bien.

La energía nunca es cero, Akari. Hay un estado de energía mínima, el que corresponde a los campos sin materia, y a ese estado le llamamos vacío o lugar en el que nos parece que no puede existir nada. La mecánica cuántica predice que en estos lugares puede haber partículas a pesar de todo, partículas que surgen de la nada y adquieren plena existencia a condición de que desaparezcan apenas un instante más tarde. Se puede crear materia de la nada en el transcurso de lo que se denomina fluctuación cuántica de la energía. Así, surgirá un par partícula-antipartícula que deberá aniquilarse tras un breve lapso de tiempo, tanto más pequeño como grande sea la masa del par o energía necesaria para su creación. De hecho, el vacío es un hervidero de partículas naciendo y destruyéndose a velocidades de vértigo. Nunca entendí esa obsesión de Hayao con el estancamiento de la ciencia. Él pensaba que si las ciencias físicas se habían atascado era por alguna razón artificial y planificada.

A todos nos enseñan en el visor que la historia de la humanidad se puede dividir en tres grandes etapas según el objeto de su curiosidad: la primera es cuando el ser humano se interesa por lo sobrenatural, la segunda cuando lo hace por lo natural y la tercera, por sí mismo. Ahora vivimos un gran desarrollo de las materias humanísticas y un nulo desarrollo de las ciencias físicas, únicamente, porque nos interesa más lo humano y nadie tiene la curiosidad necesaria como para seguir desentrañando lo físico. A Hayao casi cualquier cosa le servía de excusa. Siempre tenía la culpa nuestro estado. En verdad, Viejo tuvo desde joven algunos encontronazos con la administración que quizá justificaran en parte su manía persecutoria.

Qué ridículo es esto de caminar por este balcón, de un lado para otro, una vez y una más, mientras gesticulo, moviendo mucho los brazos y el cuerpo, hablando sola, a veces gritando, representando mi propia vida, recordando en voz alta, creando un presente diferente al que en realidad tengo. Qué patética debo parecer aquí representando esta especie de obra de teatro ante nadie afortunadamente, salvo yo misma. En realidad lo que hago, más que representar, es vivir un presente extraño, un instante presente en el que se apretujan mis recuerdos, mis creaciones, mi Hayao y mi Takashi que regresan de un lejano pasado, pero que se levantan de sus tumbas renovados, tal y como yo los quiero, ricos en experiencias porque han vivido mucho, de personalidades complejas y con muchas cosas que contar, y a la vez nuevos y dúctiles en mis manos; También mi recién creado Osamu, al que conocí durante tan poco tiempo, que tiene aún una esencia tan pobre, tan plana, tan insípida, pero que iré enriqueciendo con el transcurso de los días hasta que pueda hacer algo más que preguntarme, enfadarse y escuchar mis tediosas charlas técnicas acerca del Proyecto.

Estoy muy sola y después de todo nadie me ve. Sólo puedo salvarme haciendo esto. Debo resultar patética representando ser una conferenciante transmitiendo su sabiduría a un público inexistente, haciendo hincapié en los conceptos más importantes, levantando el tono de voz al llegar a ciertos pasajes y emocionándome, con la voz temblorosa, al explicar algunas conclusiones. Debo resultar patética cuando cedo mi voz a Hayao, Takashi u Osamu, y mi cara se tensa en un gesto imitando al que creo que se corresponde con la persona que habla; y este acto de ventriloquia es cada vez menos voluntario, sobre todo con Hayao, que es a cada instante más independiente de mí y, en ocasiones, ni siquiera se molesta en avisar que va a escapar durante unos minutos por mi boca.

Por supuesto, no estoy diciendo que me esté volviendo loca; por supuesto que podría controlar a Hayao si quisiera. En realidad él no se fuga, sino que yo le permito escapar para satisfacerle, para que se sienta un poco libre, pero también para satisfacerme, para sentirme un poco menos sola.

Has visto, Hayao, que hasta para pensar en lo ridícula que debo ser hablando sola en voz alta, gesticulo y pienso en voz alta. Qué extrañas maneras encontramos las personas para salvarnos. Yo que estoy sola, y mi presente y mi futuro apenas existen salvo por la inmutabilidad de un decorado tan pequeño, me invento la compañía y los hechos que me acontecen.

El estado es como un agujero negro. Todo es atraído por su inmenso campo gravitatorio. Ni siquiera la luz puede escapar a la increíble deformación del espacio- tiempo que los agujeros negros producen a su alrededor. Se hacen más fuertes a medida que absorben materia. Destruyen y se lo tragan todo sin esperanza. En cualquier incidente sospechabas un complot. El avance tecnológico había sido paralizado por el gobierno hace casi tres milenios y el engaño fue mantenido por los gobiernos que vinieron luego. El complot sobrevivió incluso a la reestructuración política del XXIV. Me diste, a lo largo de los años que te conocí decenas de motivos que explicaban el mantenimiento del cerco a la tecnología: extraterrestres, avisando que la tecnología conducía inexorablemente a la completa destrucción; la recién descubierta telepatía que acabaría con las formas de comunicación clásicas, con la ciencia, con el arte y las relaciones tradicionales; el descubrimiento de una ley física fundamental que había que esconder a toda costa,... Yo te escuchaba, por supuesto, y supongo que creías que además compartía tus opiniones. No sé por qué fuimos tan amigos.

Éramos amigos porque nadie más nos escuchaba. Sólo nos teníamos el uno al otro. *Pero, en realidad, sí que existe una esperanza pues los todopoderosos agujeros negros se evaporan. Cuando en el vacío cercano al agujero se produce una fluctuación de la energía y se crea un par partícula- antipartícula, una de ellas puede ser atrapada por la inmensa gravedad del agujero negro mientras que la otra escapa. La partícula que ha caído en el densísimo y masivo agujero encontrará rápidamente su antipartícula complementaria y entonces se producirá la aniquilación necesaria para la conservación de la energía. Al final el agujero habrá perdido materia. La probabilidad de que esto suceda es muy pequeña y por lo tanto la evaporación de los agujeros negros será muy lenta. Pero se evaporan, y si esperas el tiempo suficiente terminarán por desaparecer.*

En ocasiones me convencía de que lo sucedido en torno a los siglos XXI-XXVI fue más extraño de lo que nos enseñaban en nuestra primera etapa de formación. Probablemente la verdad se encuentra intermedia entre el complot mundial que defendía Hayao y la versión gubernamental sobre la pérdida de interés global y simultáneo. Lo cierto es que hoy en día sí existe un asedio estatal a la investigación de estas materias. Supongo que la humanidad se ha creído su propia historia y considera inútil dedicar recursos a este tipo de investigaciones. No creo que se bloquee la ciencia para que no se obtengan resultados, sino porque se piensa que no se van a obtener resultados. Hayao no sólo odiaba al estado por esto, sino ante todo por su omnipresencia, por su desprecio de las opiniones individuales, por su manera implacable de ejercer el poder, por la absoluta planificación de la vida de cada ciudadano.

Qué es lo que lleva a una persona como Hayao, educada como las demás y con gran sensibilidad social, a ser tan incomprensiva para con nuestra sociedad. Quizá un trauma en su infancia; un abuso de poder ejercido contra él. Nunca me contó nada.

Yo también tuve una época en que dudé de si todo el bienestar alcanzado valía la pena. Claro que supongo que pensé esto porque mi propio bienestar no corría peligro. Sólo pueden cuestionar el sistema aquellos a los que mejor trata. Los desheredados se conforman con sobrevivir.

El éxito de nuestra sociedad es que prácticamente en toda la confederación del planeta la gente tenga los medios de subsistencia indispensables, una educación y un trabajo disponible. Las contrapartidas de esta minuciosa planificación económica son las que Hayao sentía tan violentamente; Las que yo sentí aquella vez que me notificaron la asignación de una pareja con la que tenía que convivir durante diez años, prorrogables por otros diez si ambos miembros de la pareja lo deseaban. Tenía diecisiete años y estaba muy orgullosa de mí misma y de mi propio criterio. Desperdicié cinco años poniéndole trampas a Takashi antes de darme cuenta de que era el único hombre que podría amar. Si yo hubiera sido libre de escoger y hubiera tenido la oportunidad de conocer a Takashi, lo hubiera elegido sin dudarlo. Él vivía a centenares de kilómetros de la ciudad en que crecí y si no hubiera sido por el estado, que se preocupó de encontrar al hombre con quien yo soñaba, nunca nos hubiéramos conocido. Tenía diecisiete años y menosprecié al sistema. El cuerpo de psicólogos del funcionariado nos conoce y facilita nuestra felicidad. Yo me opuse y he aquí el resultado: Perdí a Takashi, desperdicié mi vida, nunca más se me asignó una pareja -no sé si como castigo o porque no se encontró a nadie adecuado para mí-, me llené de resentimiento y terminaré mis días en una cárcel a dos kilómetros bajo la superficie del planeta, mientras allá arriba el resto del mundo es feliz y viven sus vidas normales.

Siempre me digo que es imposible que yo sea responsable de la muerte de Takashi y a veces incluso lo creo, pero de lo que soy absolutamente culpable es de haber desperdiciado esos cinco años, de haber sembrado la desconfianza entre nosotros. Podría haber sido tan diferente...

No entiendo por qué personas como Hayao se oponen al sistema siendo como era razonable, bueno y solidario. Naciste tarde, Viejo. Tú eras de otra época. Debiste nacer en ese siglo de oro que tanto te gustaba, en que la egoísta libertad individual estaba tan sublimada y la física era tan dinámica. Aunque estoy segura de que si hubieras nacido en el siglo XX, hubieras luchado con todas tus fuerzas por llegar a nuestro sistema.

El estado no trata bien a las personas como tú, mas llegará un día en que los individualistas tendrán un sitio en nuestra sociedad. Los avances se consiguen muy lentamente, pero llegan. Ya no es obligatorio que todos realicemos un trabajo productivo. Fueron necesarios muchos siglos para arrancar el sueldo del vagabundo, concienciar a la sociedad de que el sistema era suficientemente estable como para permitir a los que lo desearan -que siempre serían una minoría- no hacer ningún trabajo o dedicarse a las tareas que quisieran. Como en esto, nuestra sociedad se perfeccionará y terminará por aceptar a las personas como tú. Llegará un día en que se reconstruirán los laboratorios y se llenarán de rebeldes esperanzados con desatascar lo que posiblemente no tiene arreglo, en hacer avanzar una ciencia que probablemente no tiene ninguna salida. *Lo único que hacemos los científicos para explicar el mundo es construir modelos antropomórficos consistentes con la realidad. Me resulta irrisorio pensar que algunos creen que la naturaleza se comporta así de veras. De todas formas, sólo lo que se siente de la piel para adentro es cierto y puede que, al fin y al cabo, nuestra percepción de la realidad y el modelo físico que nos hacemos de ésta, sea lo mismo.* Hay gente como tú que nace para estar en la oposición. A veces delante de mí reconocías el sin sentido que fue la encumbración de la física y la matemática a saberes privilegiados, divinizados e infalibles. Tú siempre estarás al otro lado de lo establecido. Hace siglos hubieras sido filósofo, hoy eres científico.

Me metí en la ciencia porque quería conocer la respuesta a las preguntas fundamentales. Pronto supe que nadie tiene verdaderas respuestas. Cada uno se hace su propia patata cuántica, intentando acoplar lo desconocido a aquellos conceptos a los que ya está acostumbrado. Nunca se comprende nada, Akari. Aprendemos a familiarizarnos con lo desconocido. Cuando hemos asimilado su textura, cuando deja de producirnos extrañeza e inseguridad, entonces creemos que ya comprendemos el nuevo concepto.

Lo ridículo y lo transcendente; lo insignificante por habitual y la absoluta ausencia de esencia. La ciencia nace de lo ridículo y progresa y explica, mientras lo transcendente sigue ahí, girando egocéntrico en un bucle sin fin.

De niño la idea de Dios lo impregnaba todo. Dios habitaba cada rincón de mi mente y del mundo que me rodeaba. A medida que iba creciendo descubrí que había lugares en los que Dios no estaba; lugares que funcionaban sin él, sin su inspiración, sin su tutela. Fue expulsado gradualmente de cada vez más zonas de mi mundo, hasta quedar arrinconado en apenas unas áreas de existencia efímera. Me fui despojando de Dios poco a poco; me fui despojando de Dios como bálsamo; me fui despojando de Dios con alivio. Paulatinamente, la ausencia de Dios lo llenó todo. Dejó de tener sentido. El mundo y él no eran compatibles. Quedé solo y liberado. Dios no-estaba en todas partes. Ahora la misma idea de su existencia me resulta absurda. Todo ha quedado explicado. Ninguna necesidad de trascendencia me acosa.

No sé qué pasó con Osamu. Desde que entró en fase no volvió a ser el mismo. Permanecía largos periodos en silencio, en este mismo lugar, mirando la nave. Yo sospechaba que había sufrido una regresión en su enfermedad y que, de nuevo, creía no haberse desenchufado del sueño-vida jamás. No quería que se marchara. Miraba demasiado intensamente Oniris y yo intentaba quitarle de la cabeza la idea de volver, pero quién era yo para impedírselo; de qué manera hubiera podido retenerlo. A veces se quedaba adormilado.

No, Osamu, no bastaba con los soñadores. Era necesario un equipo de mantenimiento. Los vigilantes, además, sirvieron para estudiar la evolución de grupos humanos aislados, los cambios que se producen en microsociedades desconectadas de su cultura. Tú has leído gran parte de los diarios y te puedes hacer una idea de cuáles fueron las pautas de comportamiento de los vigilantes. Los técnicos del Proyecto Oniris, además de los diarios, tenían más métodos de observación a su alcance.

Durante los primeros dos mil quinientos años se hizo un estudio exhaustivo que sirvió para corroborar las teorías de evolución de grupos humanos aislados ya existentes. En general y con pequeñas desviaciones del comportamiento estándar, los vigilantes intentaron reproducir las condiciones sociales y medioambientales de la sociedad de origen, en este caso el planeta Tierra, para lo cual modificaron sus costumbres, infringieron normas vitales; incluso dieron nuevos giros al lenguaje para aumentar la sensación de similitud entre la burbuja y el planeta origen.

Las variaciones lingüísticas están entre los experimentos más interesantes y diversos que se han realizado con los soñadores. El lenguaje está estrechamente ligado al pensamiento humano. Si modificamos el lenguaje, cambia la forma de pensar del individuo, y si modificamos las estructuras de pensamiento, también cambiará el lenguaje en que se las expresa. En Oniris se realizaron estos dos tipos de experimento con brillantes resultados.

Qué pasaría si introducimos a un soñador, desde su nacimiento, en un mundo en que la lógica no existe. Cómo se adaptará su lenguaje y su pensamiento para interpretar un mundo tan ajeno al humano. Se plantearon muchas de estas cuestiones entre los primeros científicos que se embarcaron en el proyecto. Qué sucedería con un grupo de humanos viviendo en un mundo en que la realidad estuviera en permanente cambio; y se construyó un programa que hacía vivir a los soñadores una historia en la que no había ni un sólo objeto estable y cambiaban de aspecto cada pocos segundos. Qué sucedería con un grupo de humanos viviendo en un mundo en que todas las cosas estuvieran paralizadas en el tiempo; y se construyó una historia en que, desde el nacimiento a la muerte, los soñadores vivían en realidades inmutables y de sus lenguajes desaparecía toda sugerencia de movimiento y terminaban por dudar de su propia existencia. Se crearon mundos en los que el principio de causalidad estaba abolido y los fenómenos sucedían sin causa aparente, de manera casi aleatoria. Se imaginaron historias en las que la entropía y el tiempo transcurrían en el sentido opuesto, y los soñadores nacían desde sus tumbas, rejuveneciendo a la vez que olvidaban el futuro, caminando hacia un pasado ya conocido, para al fin morir en el vientre materno.

Se demostró que existen ciertas estructuras mentales que están estrechamente ligadas a la mente humana, que no son aprendidas, sino inherentes a nuestro cerebro. Se vio que la permanencia es una de las búsquedas naturales de los humanos. Incluso en un mundo en continuo cambio los soñadores encontraban conceptos que aproximadamente eran invariantes en el tiempo, que permanecían inmutables sin cambios, sirviendo de punto de referencia. El principio de causalidad es otra de las estructuras mentales más ligadas con la existencia del pensamiento mismo. Los soñadores que habitaban el mundo sin causa-efecto, seguían intentando buscar leyes generales que explicaran los fenómenos que sucedían en su realidad. Llegaban a elaborar leyes que tenían una cierta validez durante periodos no muy largos de tiempo. Los soñadores no podían haber extraído el principio de causalidad, ni el de invariantes en el tiempo del universo que habitaban, luego necesariamente tenían que formar parte de sus estructuras cerebrales genéticas.

Uno de los informes que más me impactó de los que leí, fue el de un soñador que vivía en un mundo en que la realidad era cíclica con periodo de una semana. El primer día siempre ocurrían los mismos sucesos, aparecía en su vida la misma gente, se decían aproximadamente las mismas frases y él en función de sus acciones podía cambiar el destino; modificar, con su actitud, el final de la historia. El último día de cada semana podía evaluar lo satisfactorio del resultado e introducir nuevos cambios en la siguiente semana.

A mí aquello de que la historia recomenzara cada poco tiempo me pareció el paraíso. El soñador tenía la oportunidad de enmendar los errores cometidos, ensayar cual debería ser su comportamiento más acertado, podía pulir sus acciones para alcanzar el goce más perfecto. El paraíso: Un lugar en que se te perdonan las faltas y no te condenan a arrastrar, por el resto de tu vida, sus consecuencias; La felicidad es repetición.

Vale Hayao, vale que soy la cima del tiempo, el único presente que tengo. Puede que a mi alrededor las cosas, sin yo darme cuenta y sin poder evitarlo, resbalen en el pasado y se pierdan para siempre. Sin embargo, algunas cosas sí que pueden salvarse. A ti te rescaté de la muerte y te traje aquí a vivir conmigo.

Qué sola me fui quedando y qué lentamente. A veces me resulta difícil pensar que yo viví allá arriba; Que estaba rodeada de gente, que tuve un trabajo y que fui educada por una comunidad; Que a veces iba a los comedores públicos con amigos y conocidos, y a fiestas a bailar, a conversar. En ocasiones pienso que todo fue un sueño, que yo era la que siempre se quedaba sentada en la silla mientras los demás bailaban, la que nunca hablaba, la que nadie conocía. Menos mal que la presencia de Hayao y Takashi a mi lado, demuestra que aquello fue real, que tuve amigos y una pareja. Llevo tanto tiempo aquí que me cuesta trabajo creer que una vez hubo otro mundo. Después de todo es un alivio que no pueda salir, pues no sabría qué hacer, ni vivir de acuerdo con sus reglas, cualesquiera que éstas sean ahora, ni adaptarme de nuevo a esa sociedad, aunque probablemente permanece inmutable. Ha pasado mucho tiempo, es cierto, pero tengo la impresión de que ha transcurrido un solo día, un día largo, un día sin fin. No sé si será de noche o de día. Ya no me preocupo de esta s cuestiones. En realidad, la mayor parte del tiempo no pienso en que pasan cosas fuera de esta cueva.

El tiempo es algo extraño, Akari. Los cuerpos crean su propio espacio-tiempo individual. Las propiedades del espacio y del tiempo dependen de la masa y del movimiento que realiza el cuerpo. Y si éste no existe, no existe el espacio ni el tiempo. Eso es lo que sucede fuera del universo. Fuera del universo no hay nada: ni dimensiones a lo largo de las cuales moverse, ni tiempo durante el que existir. No hay nada, aunque la palabra nada es errónea porque nos sugiere algo, quizá un espacio vacío y negro. En realidad, todo lo que queda fuera del universo no es decible ni pensable y tampoco tiene la menor importancia pues es imposible escapar del universo; imposible para el ser humano o para cualquier cosa que exista.

El tiempo en los objetos muy grandes, muy masivos, transcurre más lentamente que lejos de ellos. El tiempo transcurre más despacio, por ejemplo, en la Tierra que en el espacio exterior. Si se coloca un reloj suficientemente preciso a nivel del mar y otro en el espacio, el de la Tierra funcionará más despacio. Cuando un objeto se mueve muy deprisa también retarda el tiempo. De hecho, viajar a gran velocidad es viajar al futuro. Este tipo de viaje en el tiempo sí está permitido por la física. Sin embargo el viaje de vuelta es imposible. El movimiento hacia el pasado no está permitido. Lo que es una suerte ya que quedamos libres de un sinfín de paradojas.

El tiempo hacia atrás, el tiempo hacia delante... Por qué te preocupas tanto, Viejo. La única y terrible máquina del tiempo es ese reloj de la pantalla que implacable, número tras número, nos transporta hacia el futuro por el mero hecho de seguir vivos. Mira a Takashi. Está ahí sentado. No dice nada pues es consciente de que ya no le queda nada por decir. En cambio, tú sigues hablando; contándome siempre las mismas cosas o quizá son diferentes, pero ya no las distingo. No me interesa. Nunca realmente me han interesado tus obsesiones.

No, no es cierto. Hubo un tiempo en que me deslumbrabas. Me descubrías lo maravilloso en lo cotidiano. Pero ya no. Ahora estoy cansada. Quizás antes no eras tan monótono. Puede que te quedaras reducido a esto cuando mi mente se convirtió en el último reducto de tu ser.

Sobre todo me exaspera que no me escuches. Cada vez que intento contarte algún problema, tú me sales con los agujeros negros, la cuántica o el tiempo. Quizá antes no eras así y esto que eres ahora es culpa mía. Pero a mí también me gusta hablar sobre el Proyecto. Piensa que Oniris ha sido mi vida durante mucho tiempo. Me gusta hablar de ello porque no conozco nada más. Un lugar que veo todos los días y en el que no he entrado nunca, se ha convertido en el centro en torno al cual gira todo mi tiempo. Pero las personas somos así. Nos gusta hablar de lo que mejor conocemos. Tú mejor que nadie deberías saberlo. Te sientes arrinconado porque últimamente no te dejo salir tan a menudo, pero es que Osamu me escucha, siente curiosidad, me pregunta.

No te preocupes. Él nunca podrá sustituirte. Hay cosas que jamás podré contarle. Con él me mostraba fuerte y segura. Era necesario. Su mente resquebrajada necesitaba un asidero y yo era ese asidero en el que podía confiar, la que sabía qué había que hacer, quien tenía las respuestas. Tú, en cambio, me conoces. Sabes cómo soy realmente. Contigo puedo llorar, sentirme sola y frágil, desvalida o confusa. Tú siempre me abrazas y me cuentas alguna historia.

Hubo otros experimentos, como universos en los que algunas leyes físicas estaban invertidas, mundos en los que se simulaba la transmisión de pensamiento entre soñadores... Uno de los objetivos iniciales más ambiciosos del proyecto fue analizar las señales neuronales en el ser humano y así construir aparatos que transmitieran estas señales a otros individuos, es decir, telepatía. A este fin se renunció definitivamente cuando los técnicos comprendieron que el problema de la aleatoriedad de los procesos cerebrales era insalvable, y que el mismo código neuronal tenía significados distintos para varios sujetos, sin ninguna posibilidad de predecir cuáles iban a ser estos cambios.

El interés por los lenguajes condensados era obtener un idioma conciso, rápido en la transmisión de información y libre de ambigüedades: una lengua con una estructura lógica. Más tarde se jugó a crear idiomas mejor adaptados para la creatividad, con estructuras que facilitaban la relación de conceptos y la obtención del dipolo creativo. Se hicieron idiomas más visuales que los naturales, facilitando las relaciones entre imágenes, y también lenguas más abstractas, repletas de adjetivos y adverbios y escasas en sustantivos concretos.

Porque no entro en sus planes, Akari. Ellos quieren un futuro planificado, sin contratiempos, que marche sin interrupciones sobre los raíles prefijados y yo les sobro. Yo y gente como yo somos un obstáculo que hay que vencer. Sólo hay dos formas: convenciéndote de que su proyecto de sociedad es el mejor o, si no pueden, matándote. Yo soy muy viejo y mi apego a la vida es muy pequeño; mi fe está demasiado arraigada en mi interior. Ochenta años creyendo en algo son muchos años como para que se me pueda cambiar de repente.

Están volviendo las voces. Últimamente me sucede más a menudo que de costumbre y quizá es porque pienso excesivamente en hechos dolorosos. No sigas hablando, por favor, Viejo. *Esta mañana recibí los resultados, Akari. Decía que mi periodo vital no sería prorrogado por un lustro más y que me quedaban setenta y ocho días. El diagnóstico decía que era un ser antisocial y negativo para el futuro desarrollo del estado...*

Tengo que hacer algo. Levantarme, hacer algo y despejarme un poco. No debo permitir que las voces regresen. Ese sueño... Por qué tiene que perseguir todas mis noches ese sueño. Yo iba a caer por el precipicio cuando él me salvaba y regañaba por haber querido matarme.

Sí, tienes razón. He cambiado, Akari, pero es que han pasado muchos años y yo nunca me aferré al pasado, ni a una persona que ya no era, ni podía ser. No quiero escucharte. Tú no existes. La próxima vez que te dé la espalda habrás desaparecido. Vete. Salte de mi sueño. *Tienes razón: no debería existir pues estoy muerto. Morí aquel día en que tú me esperabas con tu discurso preparado para decirme que todo había terminado. Qué paradoja, verdad. Yo no pude llegar aquel día a casa y fue otra causa la que me alejó de tu vida. Entonces fue cuando tú me quisiste con más intensidad. Existo porque desde ese día me has hecho un hueco en tu cerebro y me has concedido la vida. Nunca podrás librarte de mí.* Sí que puedo. Yo te he creado y yo puedo destruirte. Vete. Fuera. Desaparece.

Se diluye paulatinamente en el vacío y quedo sola en la transparencia salpicada de estrellas de mi mundo interior. El desasosiego invade mi espíritu. Una aplastante soledad me despierta en medio de un griterío ensordecedor. Son mis voces, esas voces que habitan siempre en mi mente, encerradas, buscando desesperadamente una salida que, como en esos momentos, en ocasiones encuentran. Cuando esto ocurre, enloquezco. Quedo prendida de ellas y las escucho con atención, y las voces chillonas me cuentan una historia; Y las voces enojosamente lentas y graves me cuentan una historia; Y los millones de voces de todos los tipos, melodías, tonos, acentos, idiomas, acepciones me revelan al unísono millones de historias que siempre son mi historia. El volumen de aquellos ruidos se eleva de tal modo que rompe el hechizo y hace que desee febrilmente dejar de oír esos sonidos. No importa que me tapone los oídos, que ruede por encima de la cama o que apriete con fuerza la almohada contra mi cabeza. Los sonidos siguen, pues aquellas voces están muy dentro de mi mente, en un lugar al que yo no tengo acceso.

No, no debo dormirme. Tengo que alargar cuanto me resulte posible la hora de acostarme y quizá cuando llegue el momento esté demasiado cansada como para soñar. *La ciencia, salvo en contadas ocasiones, siempre encuentra aquello que esperaba encontrar. Busca hasta que confirma la hipótesis de partida. Se nos dice que éste es el resultado de que las inquisitivas mentes de los genios puedan penetrar y adivinar la esencia de la naturaleza, aunque el experimento debe utilizarse en cualquier caso para confirmar las teorías. No se nos dice que muy a menudo científicos de trascendencia histórica han falsificado los resultados de los experimentos para que se adaptaran a las predicciones de la teoría.*

Cómo era lo que decías, Viejo. *En verdad la humanidad nació en un mundo informe, incoloro, impensable, incomprensible, y fue haciéndolo prehensible a medida que iba nombrando el mundo a su alrededor. Que nadie aspire a existir plenamente. Tú existes en la medida que yo existo. Si yo desapareciera, una parte importante de ti desaparecería conmigo. Si nadie existiera para crearte, tú no existirías. Nada existe ajeno a lo humano. El universo y nosotros somos dos conjuntos que no se tocan. Nuestro acuerdo sobre lo que es el universo es una creación de la que somos los dueños absolutos.* Siempre le gustaba añadir aquello de: *El ser humano, mediante la creencia, crea a Dios para ser a su vez creado, creído, pues la humanidad también necesita de algo que tenga fe en ella.*

El pasado siempre vuelve. Por mucho que intente sepultarlo, ocultarlo cuidadosamente, cambiarme a mí misma para ser totalmente diferente de la persona que cometió esos errores que me atormentan, al final el pasado siempre reaparece. Por algún lado, a través de un pequeño detalle que no tuve en cuenta, en el temblor de mis manos que conocen la verdad o quizá en la llegada de un no esperado visitante, mensajero de tiempos remotos. No sirve de nada, pues entonces el pasado regresa como un fantasma descarnado que se va haciendo más sólido día a día, hasta que me aplasta, me arrincona, me impide respirar y me roba el presente.

En cierta manera Viejo estaba en lo cierto cuando decía que la realidad es un convenio aceptado globalmente por la sociedad, pero él siempre radicalizaba sus conclusiones.

No sé por qué a veces hablo de él como si estuviera muerto, si cada dos por tres se escapa para echarme una charla soporífera sobre alguno de esos temas que él cree tan interesantes.

Parte de sus conclusiones acerca de la percepción de la realidad son leyes conocidas en psicología desde hace tiempo. Es cierto que cada sociedad, cada civilización, ha tenido impresiones del mundo diferentes. La comprensión del medio que nos rodea es un aprendizaje que se inicia en nuestra infancia. En Oniris se han realizado varios experimentos de este tipo, casi todos ellos centrados en la visión que poseen los individuos después de haber vivido en realidades distorsionadas. Se centraron en el sentido de la vista pues éste es el que aporta mayor cantidad de información a lo que luego conformará la concepción de nuestro mundo.

Es necesario aprender a ver. A un adulto al que de repente se le concede por primera vez la vista en un ambiente extraño, que no ha podido tocar ni experimentar previamente, ésta no le servirá de nada. Las sensaciones que le llegarán hasta su cerebro no le resultarán útiles, pues no le aportarán ninguna información comprensible. Esto es porque la sensación de volumen y perspectiva es algo que el niño aprende desde los primeros contactos con su pequeño mundo y que no adquiere totalmente hasta una edad tardía, cercana a los tres años. Por otro lado las formas y manchas de colores que nos llegan a través de nuestros ojos, no nos dicen nada por sí solos. Es necesario contrastar estas imágenes con la experiencia que se tiene de los objetos. Si lo que vemos es un paisaje de árboles, montañas y cielo, es necesario que tengamos una experiencia previa de lo que es un árbol, para así poder distinguir dentro del caos de manchas cada uno de los árboles aislados que conforman el paisaje. Tenemos que aprender dónde empieza y termina el objeto individual, para así poder trazar su silueta y diferenciarlo de los demás objetos que lo rodean. Si no sabemos hacer esto, las imágenes que nos llegan a través de la visión jamás tendrán ningún sentido para nosotros. Los niños cogen los objetos, los tocan, los acarician, atrapan la experiencia de su volumen y de esta manera aprenden a verlos. El adulto que ha vivido privado de la visión, tiene que aprender a ver y si no ha tenido experiencias táctiles de su mundo, la labor será extraordinariamente difícil.

Con los soñadores a los que se realizó este test, se descubrió que se les podía guiar hacia percepciones asombrosamente extrañas: Muchos jamás aprendieron a diferenciar volúmenes y para ellos la realidad era una secuencia de imágenes planas que se abrían a su paso y eran sustituidas por otras imágenes planas; Para otros, los objetos que observaban no tenían sentido por sí mismos, sino ligados a los demás objetos a los que, a su modo de entender, estaban unidos, es decir, no conseguían aislar los objetos de manera individual; Otros no le concedían la menor importancia a la forma de las cosas, sino al color que éstas tenían. A cambio podían distinguir centenares de tonalidades donde una persona normal habría visto un solo color.

Éste es un ejemplo clásico en psicología: Han existido civilizaciones que poseían decenas de nombres para las tonalidades del rojo, mientras que otras sólo tenían dos. Éstas últimas no sólo nombraban menos, sino que también distinguían menos tonos; percibían menos colores pues, a lo largo de su aprendizaje, no habían desarrollado completamente esta faceta del sentido de la vista. Nuestra civilización concede importancia a ciertos apartados de la realidad y simultáneamente desprecia otros, y esto conforma nuestra manera de entender el universo.

El principio del fin comenzó con aquel vaivén entre el realismo y el subjetivismo. Las cosas comenzaron a atascarse cuando llegaron a la física las teorías que hablaban sobre el conocimiento humano de la realidad en vez de sobre la realidad misma. La materia dejó de existir; sólo existían las percepciones del ser humano, por lo tanto la realidad no tenía ningún sentido. El irracionalismo se asentó en la física y, sin embargo, a casi nadie le importó. Teorías que nadie comprendía tenían un éxito increíble, así que el siguiente paso era lógico: comenzó el culto al oscurantismo. El instrumentalismo: no importa lo que diga una teoría, ni siquiera si tiene sentido; lo importante es que funcione. La ciencia se convirtió en tecnología, se embarró y cuanto más se adentraba en la ciénaga más difícil resultaba avanzar y más imposible retroceder.

Un caso que siempre me ha llamado la atención es que nuestra cultura otorga entidad propia a los objetos en función de su utilidad y una forma esquemática común a todos los de su misma clase. Dadas estas dos informaciones el objeto queda unívocamente definido. Sin embargo hubo una cultura hace milenios que habitaba unas islas del pacífico lejos de cualquier influencia extraña, para la cual los objetos sólo tenían sentido ligados al movimiento que estaban realizando, es decir, los objetos no existían por sí mismos, sino en el entorno en que se movían. De hecho tenían un nombre diferente para una piedra en reposo y para la misma piedra cayendo por un acantilado. Para ellos eran dos objetos esencialmente diferentes. Su visión de la realidad era probablemente muy distinta de la nuestra, y si uno de ellos y yo pudiéramos contemplar simultáneamente el mismo paisaje, extraeríamos conclusiones muy diferentes sobre él.

Es un hecho aceptado en psicología que la percepción de la realidad es una habilidad que se desarrolla lentamente y depende del individuo, su familia y civilización que habita. Sin embargo, existen cuestiones más graves contra la creencia extendida de que la realidad constituye un concepto universal e inequívoco. No sólo es que el ser humano aprenda a utilizar de una cierta manera los sentidos que posee, sino que únicamente puede utilizar, para comprender el mundo, los sentidos que posee, y de este modo tiene que reducir la realidad a algo que pueda ser codificable por sus sentidos.

Escucha, Akari. Te voy a leer algo: La única forma de supervivencia al alcance del capitalismo reside en una continua y cada vez más vertiginosa revolución de los medios de producción. Innovar permanentemente la tecnología es la única solución posible para salvar y superar las inevitables crisis cíclicas que padece. Es un infinito salto hacia delante, un vertiginoso caballo desbocado que a cada momento galopa más deprisa y del que es más difícil apearse, aún sabiendo que permanecer en esa carrera, sólo hará la caída más desastrosa. ¿Has oído? Fue la transformación económica. Ésta es la explicación de que la tecnología avanzase tan rápido en los siglos XIX, XX y parte del XXI, y que de repente se desinflara y paralizara. Simplemente, dejó de ser necesaria y la historia regresó al ritmo de casi hibernación que fue característico antes de la revolución industrial. Nuestro sistema planifica y estructura en función de los medios que posee, que son suficientes, y no sólo hace innecesaria toda innovación, sino que de alguna forma actúa para inhibirla, en cuanto que cualquier avance tecnológico obligaría a una reestructuración y a una modificación del mecanismo regulador de la economía.

Un experimento revelador fue la recreación en el sueño-vida de una historia en la que los soñadores carecían de vista, oído, tacto, olor o gusto; la única forma de percepción era la detección de diferencias de potencial eléctrico. Todos los objetos, personas y animales que se encuentra a nuestro alrededor están cargados eléctricamente y, aunque nosotros no podemos, las diferencias de potencial que se producen pueden ser captadas. Los soñadores se sentían a sí mismos como masas informes, sin límites claros, con detectores distribuidos por el cuerpo, y su visión de la realidad era apenas comprensible para los científicos que realizaron este experimento.

La única información que les llegaba del mundo, es decir, la única que la máquina les enviaba, era una especie de geometría difusa, en la que las figuras tenían un contorno poco claro y estaban fusionadas de manera suave con las figuras contiguas. Era como contemplar un mapa tridimensional de superficies equipotenciales. Los soñadores percibían sus cuerpos como una continuación de su entorno y no tenían muy claro cuál era su propio volumen. Al principio no se distinguían ni entre los mismos soñadores, ya que a su modo de entender había en su mundo sólo dos tipos de formas: formas en movimiento, que se trasladaban ondulando a través de la geometría de su universo, y formas en reposo, que permanecían oscilando en un lugar concreto de la geometría.

Los investigadores indujeron en los soñadores en el menor tiempo posible un código de comunicación. Fue cuando los soñadores aprendieron a diferenciar un tercer tipo: las formas comunicantes. El experimento fue uno de los más largos del proyecto e involucró a generaciones de soñadores. Era muy difícil para los investigadores interpretar correctamente lo que estaba sucediendo en ese mundo eléctrico pues, aparte de que en estos soñadores las pautas cerebrales eran radicalmente diferentes de las usuales, ni siquiera tenían la ayuda de los movimientos corporales, ya que estos individuos no eran conscientes de tener un cuerpo concreto, ni extremidades a las que recurrir.

En definitiva, las conclusiones de este experimento fueron las que ya se sabía al empezarlo: La realidad percibida por estos soñadores tenía muy poco parecido con la nuestra. Los sentidos condicionan nuestra imagen del mundo.

Encontré dos ejemplos curiosos, deducidos del estudio de este mundo, que clarificaban cuán profunda era la brecha abierta, entre ellos y nosotros, para la comprensión de la misma realidad, los cuales tenían relación con la reproducción y la muerte. Los soñadores eléctricos no entendían la muerte. El cese definitivo de comunicación por parte de una forma, no era entendido como cese de la vida, ya que, a su modo de ver, los comunicantes eran sólo prolongaciones del terreno que en un momento dado comenzaban o dejaban de hablar, pero les resultaba imposible diferenciar individuos una vez que estos dejaban de transmitirles información. Algo semejante sucedía con la reproducción. La escisión de una parte de sí mismos para dar lugar a una forma comunicante no tenía ningún significado, ya que el concepto de lo que era su propio cuerpo abarcaba una gran parte del relieve que les rodeaba, y la diferenciación de un volumen dentro de ese relieve para dar lugar a un individuo era algo muy común y en pocas ocasiones debido a la reproducción.

La percepción colectiva de la realidad viene dada por la civilización y también por los sentidos que posee la especie a la que se pertenece. Hayao tenía razón en parte, a pesar de que no conocía ninguno de estos experimentos y su formación en teoría del conocimiento era muy deficiente. Su propia visión del mundo era distinta de la estándar, y es que luego cada individuo percibe la realidad de una manera ligeramente distinta, llegando en ocasiones a constituir estas diferencias grandes desviaciones con respecto a la media. Hay individuos, entre los que se encontraba Hayao y posiblemente yo misma, que perciben la realidad gravemente distorsionada. Siempre he tenido facilidad para encontrar a este tipo de gente, quizá por mi propia y peculiar forma de ver el mundo. Quizá es que los locos, los desquiciados, los marginados nos sentimos atraídos entre nosotros.

Tú tienes la culpa, Akari. Me conociste durante tan poco tiempo y sin embargo, en tu prepotencia, creíste tener datos suficientes como para recrearme. Me convertiste en una parodia de mí mismo y ahora además te quejas. Pues sí, Akari, tendrás que escuchar que la entropía es... bueno, supongo que ahora dirían que entropía es una medida del conocimiento que el ser humano posee de un sistema. La entropía informa sobre el desorden de la materia y la segunda ley de la termodinámica dice que la entropía del universo crece siempre. Y es por eso que los objetos tienden a deteriorarse y a romperse; Y es por eso que el calor pasa de los cuerpos calientes a los fríos. Aunque supongo que ellos dirían que la entropía aumenta porque no conocemos perfectamente el valor de todos los parámetros del sistema; Porque si así fuera, la entropía sería nula y no podría aumentar. Como si yo no fuese a envejecer y a morir si alguien supiera exactamente la posición de todos mis átomos... No se dan cuenta de que de esa manera el universo queda encerrado en la mente del científico, que el cosmos se convierte en un sueño, la pesadilla incontrolada de unos seres humanos que flotan en la nada...

Quizá esto no te alivie un ápice, pero así me has creado. Por otro lado, ¿acaso no te parece hermoso que nuestra existencia sea una continua lucha contra la entropía, lucha que tenemos perdida de antemano?, pero esto no importa si conseguimos retrasar su victoria durante unos segundos todavía. Y a eso dedican los seres vivos todos sus esfuerzos. La belleza no arregla tu vida, sin embargo la hace más llevadera. O ¿acaso ya no estás de acuerdo? Antes te bastaba.

Yo nunca he sabido dar consejos. Cómo dar consejos si mi vida era un desastre. Intentaba ayudarte de la única forma que sabía. A mí me bastaba con mirar el firmamento y sentir mi pequeñez para comprender que seguro mis problemas tenían una solución sencilla. Contigo no podía utilizar una fórmula diferente. Más cuando parecía funcionar tan bien. No sé si comprendes hasta qué punto te quiero. No comprendes lo fácil que sería expandirme y anularte. No sabes los esfuerzos que debo hacer para vencer la tentación de salir de esta cárcel en la que me tienes atrapado y ser libre de nuevo. No sabes lo que significa ser consciente de mis limitaciones, habiendo sido un ser vivo e inteligente anteriormente; teniendo la posibilidad, tan cercana y fácil, de volver a serlo de nuevo. Únicamente pensar que entonces tú estarías en mi lugar, arrinconada como yo estoy ahora, me detiene. No sólo no aprecias mi sacrificio, sino que además me acusas de no ser más complejo; Me dejas salir cada vez menos a menudo y te quejas de que cuando lo haces no me quedo sentado escuchándote; Empleas parte de tu cerebro en ese Osamu, estando yo tan necesitado. Realmente no sabes los esfuerzos que he de hacer para no salir y existir plenamente.

En ocasiones necesito salir sin tu permiso, respirar un poco de aire, no ver el mundo a través de tus ojos, hablar y soltar los pensamientos que tan trabajosamente he elaborado, sentir que es mi corazón el que late. No basta, Akari, con salvarme un poquito de la muerte, porque en ocasiones esta existencia a medias es peor que la nada.

El caso de Osamu era muy serio al final de la tercera semana. Me daba cuenta de que estaba cayendo en el pozo sin fondo de la locura y yo no podía hacer nada por ayudarle. Todos los soñadores al ser despertados pasan por el mismo proceso irreversible y no es posible tratarlos de ninguna manera. Sus cerebros cruzan la frontera de la cordura y comienzan a experimentar una esquizofrenia que les transporta a una simulación de la realidad del sueño-vida. *Veo cosas que tú no puedes ver, Akari. Las historias se están superponiendo unas sobre otras y sé que es por mi culpa. Nunca debería haber salido de la nave. Debería haber vuelto al sueño-vida y parado esta catástrofe. La fase sigue allí destruyéndolo todo, modificando las rectas, mezclando la vida. Veo gente alrededor que miran desesperados porque yo he destruido sus vidas. Tengo miedo, Akari. No sé cómo lograré parar esto, pero he de hacerlo. Me siento culpable por haber roto tu vida, aunque tú seguramente no lo entiendes. He de volver con Madre y hacer algo antes de que la fase se trague todo el sueño-vida. He visto a Hayao y a Takashi, y sé por qué te sucedió todo esto. Tú todavía no puedes notar nada, debido a que mi recta originaria está muy lejos de la tuya, pero el vórtice se está acercando y pronto verás como en tu historia comienzan a suceder cosas más extrañas aún y todo comienza a hacerse pedazos. Siempre sucede igual con la fase. Primero modifica las historias, luego las mezcla y finalmente las desintegra. He sido muy tonto. No entiendo cómo no presté más atención a mis instintos que chillaban intentando decirme lo que estaba sucediendo. Desde el mismo momento en que desperté en tu realidad debería haberme dado cuenta que continuaba en el sueño-vida, y que cuanto más tiempo permaneciera en una recta ajena, mayor daño provocaría. Te pido perdón, Akari, aunque sé que no me crees, ni me entiendes. Si supieras no podrías perdonarme. He de marchar, pero tengo miedo porque no sé cómo voy a parar todo esto.* Lo mejor para él era regresar, por eso no intenté impedírselo. Ahora estoy sola otra vez, pero quizá él pueda ser feliz enchufado a la madre; quizá su mente sobreviva sin hacerse añicos.

Me he pasado la mayor parte de mi vida sentada delante de ese computador, leyendo a la sombra de aquel monstruo, aquel mundo aparte que es Oniris, investigando sus entresijos y secretos. Es absurdo, como casi todo lo que he hecho. Permití que mi historia me resbalase entre los dedos. Me rendí, antes de ni siquiera bocetar mi vida. No hace aún dos horas que marchó y ya el peso de su ausencia me impide respirar con facilidad. Durante estas tres semanas me he acostumbrado a su presencia constante, a su atenta manera de escucharme, a su extraña mirada perforándome. Le he volcado los estériles pensamientos que he ido acumulando durante los últimos treinta solitarios años, y por primera vez en este tiempo he tenido un interlocutor al que se podía tocar después de hablarle. Con su regreso quizá se salve su mente, pero la mía se ha perdido definitivamente. Sé que el murmullo de fondo que escucho son mis voces que están agazapadas, prestas para saltar y beber las últimas gotas de cordura que me restan.

La alarma. Es la alarma de Oniris. Está saliendo otra vez. Tengo que desconectarla rápidamente y programar una rectificación. Dios, no es Osamu; son muchos.

V. TRANSPARENCIAS

Tengo que parar esto. He de escapar de esta historia y frenar la fase. No sé cómo, pero el primer paso es volver con Madre y salir de esta recta. La nave es diferente. El vórtice ha penetrado y está cambiándolo todo. Los ángulos se están haciendo difusos, las formas irreales, los colores se transparentan. Esta historia está desapareciendo. Hay algo más: Siento como los huecos de este mundo se están llenando. El aire es extraño, la luz es diferente, he visto cosas que no podían existir en la burbuja. Noto sobre mi pecho como llegan en oleadas todas las historias del sueño-vida que el vórtice está expulsando. Debo regresar a Madre o toda la realidad se romperá hecha pedazos y se perderán las vidas de todos los soñadores. ¿Qué significa el fin del sueño-vida?, ¿Un encefalograma plano en nuestros cerebros?

Ha entrado hace apenas unos instantes. La estructura de la nave ha cambiado. Bajo la vieja distribución de niveles y pasillos, presiente que subsiste otra en forma de capas de realidad cuyo centro está en Madre. Sabe que cada vez le resultará más difícil avanzar hacia ella, mas su determinación es inquebrantable. Al doblar el pasillo una vibración eriza su piel y conmociona el resto de su organismo. Ha atravesado una especie de membrana invisible; se encuentra en una amplia sala de suelo empedrado con grandes losas de mármol y paredes interrumpidas por altas y esbeltas columnas de estilo jónico. De alguna manera la nave sigue ahí, escondida entre las grietas del sueño, agazapada detrás de las nuevas formas, desplazada por esta pujante y vital historia. Se agacha y roza con las yemas de los dedos las suaves losas. Su mente se está impregnando de la realidad de esta nueva recta. Es el palacio de Éfeso y

100

la sala está vacía porque todos han salido a defender la ciudad de las tropas del persa Ciro el Grande. Puede sentir el pasado y el futuro a lo largo de toda la recta. Sabe cómo Éfeso ha estado muchos años bajo el dominio de los medas y ahora, recién liberada, ha de enfrentarse al ejército de Ciro. Ha llegado al punto de la historia en que se produce el enfrentamiento, y ellos no lo saben, pero perderán la batalla y la ciudad quedará arrasada, incluido este palacio, y Ciro el Invencible extenderá su imperio desde el Mediterráneo hasta el Indo. Aunque lo peor vendrá luego, cuando la maldición de los dioses castigue el orgullo de los hombres trasladando la ciudad muchos kilómetros tierra adentro, lejos de la bahía y del mar que la había convertido en el puerto más rico del Egeo. Es necesario que encuentre la realidad primitiva detrás de ese escenario. Necesita encontrar una rendija para regresar a los pasillos de Oniris, y así llegar al panal del sueño-vida, o quedará atrapado en esta recta. Corre, por la zona de la estancia donde cree que se encuentra el pasillo de la nave, hasta llegar a la pared opuesta. La golpea con sus puños, pero es sólida. Es imposible atravesarla. De pronto el tabique hierve. Está a punto de ser arrollado por un animal que atraviesa las burbujas de roca de lo que hasta ese momento era un sólido muro. El unicornio sigue galopando cruzando la sala y desapareciendo tras la pared del fondo. Sin pensarlo ni un segundo salta a través del hueco abierto por el animal mitológico, y da de bruces contra el suelo de la nave. Detrás de él se ha cerrado el agujero que conducía a la ciudad de Éfeso y delante, el familiar corredor se adentra en la nave de la que él es comandante. Piensa que quizá el sueño-vida se ha deteriorado tanto cerca del vórtice que los personajes de las historias están escapando de una recta a otra. Debe que tener cuidado, pues en el sueño-vida hay seres mucho más peligrosos que el unicornio y ahora estarán sueltos y campando a sus anchas por Oniris.

El tiempo no existe en el sueño-vida. Pasado, presente y futuro conviven a lo largo de cada recta. Toda la historia se encuentra suspendida simultáneamente y sin movimiento. Cuando llegué a este presente, la perturbación se propagó hacia el pasado y futuro de Akari y deformó su historia. Ahora intuyo que fui yo el responsable de su soledad, de la muerte prematura de Takashi y de que en su historia no hubiera nadie más destinado para ella. El computador, en cada recta, prepara los personajes principales, los íntimos del soñador, y el decorado, el resto de seres que lo rodean. Yo maté a los protagonistas y la soñadora Akari se quedó sola con el decorado. Esa es la razón de que nunca encontrara personas interesantes: eran personajes de relleno. ¿Por qué Akari no era consciente de ser una soñadora? ¿Por qué no recibió la formación que siempre se nos imparte en el sueño-vida? A medida que permanezco más tiempo en la fase, los daños se hacen más irreversibles y evidentes. Desde el mismo instante en que entro en contacto con una recta la altero, pero cuanto más permanezco en ella mayor es la aberración producida. Me asusta pensar en cuántas vidas habré destrozado. He de regresar lo antes posible hasta Madre. Si hubiera hecho esto antes, habría resultado más fácil. Ahora el vórtice ha convertido la nave en un peligroso laberinto repleto de trampas en las que puedo quedar prisionero para siempre.

La realidad empieza a cambiar de nuevo a su alrededor. Imágenes de unos hombres con chubasqueros corriendo de un lado a otro de la embarcación chisporrotean delante de él. Se observan confusas y a intervalos, como una pantalla mal sintonizada en el visor. Fija la mirada en el final del pasillo e imperturbable prosigue su camino sobre la cubierta del barco, sin prestar atención a los cambios para no perder así su recta. En ocasiones el pesquero japonés gana la batalla sobre Oniris y el mar encrespado rompe contra el navío balanceándolo; y él está a punto de caer. Otras veces el pesquero se torna translúcido y permeable, y al atravesar las moléculas de su realidad virtual siente las acometidas de los sucesos simultáneos y atemporales de la recta superpuesta fluyendo hasta su mente. El pobre barco intenta resistir a la tempestad ayudado por los miserables pescadores. Tienen que seguir adelante y arriesgar la vida, pues volver de vacío a la isla significa que el Shogun requisará su barco. Hace mucho que no pagan las cuotas y los soldados no aceptarán otra demora. Lucharán contra la tormenta, serán derrotados y sus familias permanecerán esperando una vuelta imposible, pues aquel mar ni siquiera se digna en devolver a sus víctimas. Mientras, el shogunato ha perdido todo su poder en manos del emperador, quien recibió ayuda de un ejército extranjero; ayuda de los pueblos bárbaros y sin honor de allende los mares, que les obligarán a comerciar contra su voluntad, abrir sus puertos y fronteras a los productos extranjeros; Pero algún día el mundo entero se arrepentirá de esta imposición, y de otros insultos, vejaciones y crueldades, cuando el sol rojo ondee en todos los centros económicos de occidente y la gran guerra, la guerra encubierta y sutil, haya terminado sin cobrarse una sola víctima. En ese instante el barco se solidifica y un marinero se queda mirándole sorprendido. La lluvia moja sus rostros y cabellos, y el violento viento golpea y zarandea sus cuerpos. El pescador se acerca a él asegurando cada paso sobre el suelo encabritado de la barcaza. No debe permitir que le toque, no debe permitir que le atraviese y se mezclen sus moléculas y sus esencias. Debe huir, regresar a su realidad antes que el pescador le alcance. Retrocede lentamente hasta que su espalda toca la borda del barco y detrás sólo queda el océano profundo y el tifón aproximándose. No se atreve a saltar. Esta recta desaparecerá en cualquier momento, mas quizá dure el tiempo suficiente como para que él se ahogue. El hombre se alza a un par de metros nada más y ya no puede escapar. Entonces la realidad crepita, parpadea y desaparece definitivamente. Su pelo está seco, pero su corazón todavía ruge sobresaltado. Está asustado. Acaba de ser consciente de que el mayor peligro que corre en este laberinto de mundos es ser atravesado por otra persona. Probablemente no moriría, aunque quedaría modificado, del mismo modo que les sucedió a sus familiares en aquellas ocasiones en que entró en fase y no pudo controlarla. Si una figura fantasma, suficientemente tenue, entrara en él, su mente podría quedar gravemente afectada. Al final del corredor puede verse ya el ascensor con el que pretende alcanzar el nivel del sueño-vida. Camina rápido sin prestar atención a las historias que se intuyen escondidas en la niebla por debajo de las líneas y ángulos del pasillo. Surge ante él, repentino y vívido, un cementerio oscuro repleto de cruces y flores, y casi tropieza con una lápida alta y blanca. Se queda parado delante, pensativo, nervioso, recordando...

Yo he vivido esta historia. No es mi nombre, pero es seguro que he estado en esta historia. Si rozo la lápida con los dedos conoceré lo que está sucediendo, lo que está pasando por la mente del soñador que se halla aquí enterrado, aunque estoy seguro que siente lo mismo que yo sentí aquella vez. Murió, pero no tardó en constatar que aún continuaba recibiendo estímulos del exterior. Seguía viendo luces a través de los párpados cerrados y oyendo las voces de sus familiares que lloraban su muerte, sin darse cuenta que habían cometido un error. Intentaba moverse, hablarles, gritarles que aún vivía, pero estaba paralizado; algo le impedía poner en marcha los músculos de su cuerpo. Sintió horrorizado como le llevaban al cementerio, le depositaban en la tumba y tapaban con tierra, al tiempo que las luces se apagaban y las voces del exterior enmudecían. Quizá este soñador ya había comprendido que en verdad sí estaba muerto, que la muerte era esa consciencia atrapada en su cuerpo inerte y pudriéndose. No puedo recordar aquello sin escalofríos, ni sin rencor hacia los creadores del sueño-vida. Lo peor vino después, cuando mi yo se diluyó, a la vez que se extendía por la superficie del planeta; Pero es mejor no recordar. Tardé mucho en superar la impresión que me produjo esta historia. En aceptar que era tan falsa como el resto, y que la muerte no tenía por qué ser siempre así. Todo lo que vivo en el sueño-vida es falso, pues la historia siguiente puede contradecir cada una de las enseñanzas adquiridas en la anterior. El truco para sobrevivir es comprender que cada mundo tiene sus propias leyes y que en ningún caso tienen validez fuera de ese mundo. Es necesario vivir con intensidad en cada recta y empezar desde cero, como si se acabara de nacer, al alcanzar otra recta. Pero, ¿qué estoy diciendo? ¿qué es el sueño-vida? ¡He escapado ya de tantos mundos, de tantas realidades falsas! Primero, salí del sueño-vida y creí entrar en la realidad de Oniris, nave espacial. Salte de Oniris, salvaguarda de la humanidad, para caer en Oniris-Proyecto, y así comprender que todo lo que creía saber sobre el sueño-vida era falso y la verdad era muy distinta. Ahora sé que la Tierra y el proyecto Oniris tampoco existen, que son tan sólo una de tantas historias del sueño-vida. Ahora ya no entiendo nada. Ya no sé qué es el sueño-vida ni qué soy yo. Todo es mentira. Nada tiene sentido. Ni siquiera me resulta fácil pensar sobre ello. Si no soy un soñador, esperanza de la humanidad, ni una cobaya sacrificada en aras de la ciencia, porque la nave Oniris es mentira y el proyecto Oniris es mentira; Si nunca hubo un computador enviando sus historias hasta mi cerebro, porque nunca hubo una Tierra, ni las madres, ni nada que yo haya conocido porque toda mi vida es mentira,... entonces, ¿qué soy yo? ¿qué es el sueño-vida? Quizá el sueño-vida sigue siendo verdad, con sus historias y con sus rectas; Quizá sí que existe una Tierra después de todo; Quizá sólo he llegado a una historia que parecía ser la Tierra y en algún lugar, fuera de este escenario infinito existe un planeta esperando mi vuelta, dando sentido a mi vida. No debo pensar en esto. Vivo y eso sí que es real. Existo en una realidad que se está desvaneciendo por alguna razón que no entiendo, pero que tiene que ver conmigo y con eso que yo llamaba Madre. Allí se encuentra la clave. Tengo que enchufarme aunque nada tenga sentido. Tengo que parar esto. He escapado ya de tantos mundos y ahora debo escapar también de este. Así quizá termine esta fuga.

El cementerio está parpadeando, la puerta del ascensor se ve ya con claridad. La noche oscura y sin luna se alterna con la luz suave de la nave. Siente su pecho conmocionarse cada vez que la historia cambia. Está empezando a ser un soñador perteneciente a ninguna recta, sin realidad propia y, por lo tanto, susceptible de ser absorbido por cualquiera de ellas. Él es el vórtice, él es el creador de destrucción; él, el agujero negro que se alimenta de mundos y mentes y sueños. El ascensor se abre y penetra en su interior. Está muy cerca, pero queda lo peor. A medida que se vaya acercando a Madre aumentarán los peligros. Los mundos serán expulsados en mayor número, el espacio y sus huecos estarán totalmente ocupados por decenas de historias superpuestas y encontrar el camino correcto será cada vez más difícil. Está a punto de llegar al nivel, cuando la cabina del ascensor comienza a transparentarse para dar paso a otra recta. Del piso comienza a brotar hierva, las paredes se cubren de enredaderas, la humedad caliente de la selva le barniza por entero. En la lejanía se escuchan voces y frente a él una extraña espada silba y corta abriéndose paso por entre la vegetación. Una mujer, de movimientos felinos y mirada fiera, salta por encima de la espesura sin verle, sin darse cuenta de que se dirige directamente contra él. Intenta apartarse de su camino antes de que le embista o le atraviese, pero detrás le bloquea la pared de la cabina; el ascensor sólo tiene la salida que ella tapona con su cuerpo en estos momentos. Sucede muy rápido. Un salto más y ella está junto a él. Le ha visto, pero ya es demasiado tarde. Intenta corregir su trayectoria y protegerse con su sable curvo, pero no hay tiempo. Sus cuerpos se funden y un grito de dolor surge de ambas gargantas. Los dos pierden la conciencia y los cuerpos se dividen de nuevo. Uno de ellos cae hacia delante sobre el suelo del ascensor; uno de ellos cae hacia atrás sobre la tierra mojada. Uno de ellos se arrastra con dificultad fuera del elevador, hacia la luz, hacia la seguridad; uno de ellos es apuñalado repetidas veces por los guerreros que le perseguían y ya le han alcanzado. Las máquinas del sueño-vida se ordenan en hileras difuminadas por el vórtice. Retazos de realidades desconocidas se abren y se cierran, se insinúan los contornos más o menos claros, más o menos sólidos. En ocasiones desaparece totalmente el nivel, y es sustituido por una selva, un lago, un castillo, una ciudad, un villorrio, una cueva, un desierto, el vacío en el espacio, un planeta extraño y sulfuroso... La figura se mueve en mitad del caos, desconcertada y a la vez decidida, desorientada, pero rastreando con seguridad. No importa cuán difícil resulte, no importa cómo oculten el camino: la misión será cumplida.

Ha sucedido. No puedo perder el conocimiento. Mi mente no funciona bien. Estoy mareado. Ahora no debo pensar en otra cosa sino en llegar a Madre. Tengo que parar esto. Nada impedirá que cumpla mi misión. He perdido mi espada en algún sitio. Estoy indefenso si me atrapan. Debo darme prisa. La caverna de Quetzalcoalt no puede andar muy lejos. Dentro de un rato todo habrá terminado y podré descansar tranquilo. Tengo que fijar el rastro de Oniris y no perderme en otras realidades. El vórtice está ahí enfrente, a unos metros tan solo, y sin embargo tan lejos. Me siento muy débil. Estoy segura de que los guardianes del ídolo no abandonarán la persecución. Ya me advirtieron que la magia del dios era poderosa, pero soy el mejor y la recompensa será la más alta. Nada impedirá que encuentre a Madre. Cuando lo tenga entre mis manos todo habrá terminado. Éste será el último trabajo. Habré alcanzado el poder supremo y nadie del círculo se atreverá a retarme. No puedo ser vencida. Debo encontrar... Madre.

La figura se desplaza por entre las semiesferas con movimientos ágiles y breves. De cuando en cuando mira hacia atrás, pero los guerreros ya no le persiguen y prosigue su camino. Las hileras de máquinas son muy largas y no se ve el final, pues otras realidades confluyen en el horizonte y nublan el panal. El torbellino gira vertiginoso expulsando colores y brumas y formas. Debajo se halla la semiesfera de Madre y ya no queda mucho para que la alcance. Luces rojas parpadean a ambos lados. Las sirenas rugen ensordecedoras. Un guardia de seguridad se acerca corriendo, aferrando con fuerza una metralleta corta. El perímetro ha sido violado y su deber es neutralizar la amenaza. Piensa que quizá debiera esperar hasta que llegue el resto de sus compañeros. El guardia sigue acercándose, con un trote ligero y los dientes apretados. En el mismo instante que le ve sus instintos saltan. Da un brinco y se coloca en guardia, en posición de defensa con la espada levantada entre él y el guardián, antes de darse cuenta de que ya no tiene ninguna espada. Respira hondo y sus siguientes actos transcurren muy rápido. Cuando todo termina no recuerda exactamente qué ha sucedido, pero el cuerpo del vigilante está caído sin vida a sus pies. Cree recordar que le lanzó una patada a la cara y antes de que terminara de caer, partió su cuello girándole la cabeza. Se mira las manos que ya no parecen las suyas y no entiende cómo pudo hacer eso. Mira fijamente la metralleta que aparece por debajo del cuerpo muerto, intentando recordar si alguna vez supo utilizarla. Las balas comienzan a silbar a su alrededor. Se arroja al suelo, rueda y pierde la conciencia. Cuando la recupera se halla en otro pasillo y la amenaza a desaparecido. Está perdiendo el control y no puede permitírselo. Debe cincelar su mente con un solo pensamiento: finalizar su misión y, suceda lo que suceda, no alejarse de este objetivo.

No puedo confiar en mis sentidos, que me engañan, ni en mi mente que se está diluyendo. Únicamente me queda la voluntad y espero que ésta sea suficiente para alcanzar la máquina. He sido entrenada para superar pruebas más difíciles que ésta. Sobreviviré y encontraré Madre. Robaré sus tesoros y acabaré con este caos. Soy Mahokka, maestra asesina, ladrona suprema. Será un triunfo más para la Hermandad y un paso importante hacia el liderato. ¿Qué es real de todo esto? ¿En qué puedo confiar? La brujería que me ha transformado en mitad hombre no logrará pararme pues soy dueña de este cuerpo y domino casi por completo mi mente. Y esta otra conciencia que aúlla en mi interior se está extinguiendo, pues es débil. No es enemigo para mi fuerza. Aun así debo ser cuidadosa, pues todavía vive y pretende cambiar mi objetivo, modificar mi misión y hacerme suya. La cueva del ídolo no puede estar lejos y los sacerdotes no podrán hacer nada para frenarme. Mis manos se bañarán en su sangre, mientras Madre me sonríe y Quetzalcoatl reluce desde sus zafiros y diamantes incrustados. Soy Mahokka y soy el único que puede conseguirlo.

Está cada vez más cerca. Le atraviesan decenas de realidades en fuga. Se arrastra aproximándose al vórtice. Su honor está en juego. Debajo del remolino, la cueva plateada brilla empañada por el polvo. No hay ningún sacerdote guardando su abertura circular. Cuando entra descubre el ídolo sobre el pedestal. Lo toma entre sus manos y sabe que ha vencido. El sueño le impregna. Madre es buena. Ahora es rica. La Hermandad quedará en su poder. Nadie más tendrá problemas. Mahokka, la maestra asesina, siempre cumple su palabra. Nada la detiene cuando se le encarga una misión. Los dos mundos giran y parpadean.

Oniris

VI. EPÍLOGO

Todo esto sucede en el mismo instante en que el soñador abre los ojos y despierta: Shiuya sonríe mientras pasan por su mente todos los pasados y todos los futuros de la creación. El Último Comandante se debilita segundo a segundo, abrazado a la comida y bebida que ha ido acumulando alrededor, sobre la cama, y que únicamente servirá para alargar la agonía. Akari a visto desaparecer las figuras que asomaban de la nave, no era Osamu y no era nadie, salvo su imaginación quizá y su mente enferma que está quebrándose. Takashi no entiende cómo ha podido suceder que un abismo se haya abierto bajo sus pies, ni por qué repentinamente le duele la cabeza y no consigue mover un solo músculo. Mahokka, la maestra asesina, sostiene complacida el ídolo entre las manos y las luces que penetran en la cueva le arrancan brillos preciosos promesas de gloria y Osamu se está enchufando a la máquina, decidido y temeroso, consciente de que lo difícil comienza ahora y no tiene ni la más mínima idea de cómo escapar del bucle, aunque sabe que de alguna manera lo conseguirá, pues las vidas de miles de soñadores dependen de sus actos y si, al fin y al cabo, todo esto es producto de la imaginación calenturienta de un semivivo despertado, tampoco perderá nada.

Todo esto sucederá en el instante mismo en que el soñador abra los ojos y despierte.

www.ingramcontent.com/pod-product-compliance
Lightning Source LLC
Chambersburg PA
CBHW070222140626
46555CB00018B/1067